우리 사이에 칼이 있었네

우리 사이에 칼이 있었네:

세계를 균열하는 스물여섯 권의 책

강창래 지음

글항아리

프롤로그

어제를 돌아볼 것

어디서 시작하면 좋을까? 현대의 고전을 읽는다면. 고전 문학에 대해 강의할 때마다 받는 질문이다. 조금 비껴가보자. 오늘은 어제의 결과이고 오늘이 내일을 만든다. 그렇게 중요한 오늘의 정체를 정확히 파악하고 싶다면 어제를 돌아봐야 한다. 오늘을 만든 어제는 언제쯤일까? 거기서 시작하면 되지 않을까.

언어의 관점에서 보면 구술언어 시대일 것이다. 구술언어가 화석을 남겼을 리 없다. 문자언어에 흔적이 조금 있을 뿐이다. 그 근원적인 문제의식으로 가득한 책이 월터 옹의 『구술문화와 문자문화』(1982)다. 질문한 분에게 이 책을 권하면 대개는 듣보잡이라는 표정이다. 그러면 출판 이력부터 말해준다.

처음 번역되고 40년이 지났지만 한 번도 절판된 적 없고 개정 3판까지 이어져온 책이다. 그럴 수 있었던 이유는 뭘까? 프로 독서가들이 사랑한 책이기 때문일 것이다. 아마. 그들은 가까운 사람에게만 살짝살짝 알렸던 것 같다. 텍스트의 이면을 꿰뚫고 싶다면 이 책으로 시작해봐. 세상에, 그런 책이? 조금 놀랐다면 '언어학, 세계를 비추는 거울에 대한 이해'라는 장부터 읽어보시길 바란다. 이 책, 『우리 사이에 칼이 있었네』는 순서대로 읽을 필요가 없다.

이 책에 담긴 스물여섯 편의 작품은 오늘 우리의 세계를 균열하는 힘을 가진 것들이다. 시작할 때는 고전 문학fiction 작품만 다룰 생각이었다. 그러나 해석과 분석 도구를 마련해줄 논픽션을 빼놓을 수 없었다. 결국 열아홉 편의 픽션과 일곱 편의 논픽션이 되었다.

논픽션 중 하나가 문과스러운 제목의 『우연과 필연』이다. 우연히 생겨나 필연이 된 생물의 근본 조건을 다룬다. 1965년에 노벨생리의학상을 수상한 자크 모노의 철학적인 과학책이다. 벌써 55년이나 지난 저작물임에도 여전히 강한 설득력을 지닌다. 거의 모든 과학책은 오래전에 업데이트되었고 빠른 속도로 계속 업데이트되고 있다. 그런데 그 오랜 세월에도 업데이트되지 않은 아마도 유일한 과학책일 것이다! 그 깊고 넓은 통찰력이 대체 어떤 텍스트에 담겨 있는지 봐둘 필요가 있다.

다른 다섯 권의 논픽션은 '시선'과 깊은 관련이 있다. 시선은 권력과 통제, 갈등과 저항을 야기한다. 계급 구조가 분명한 갱들 집단을 다룬 이야기를 떠올려보면 이해하기 쉽다. 면전에서 똑바로 볼 수 있는 사람은 누구인가, 눈을 내리깔아야 하는 사람은 누구인가? 시선을 받으면 나는 객체가 되고 그에 의해 규정된다. 저항하는 법은 내가 그를 응시하는 것이다. 그러나 권력관계를 헤아리고 타이밍을 엿봐 모험을 감행해야 한다. 내가 주체가 되어 그를 객체화하고 규정하게 되기 때문이다. 보이지 않는 곳에서도 시선이 사라지는 것은 아니다(감시당한다). 조직의 존속을 위한 통제의 '시선'이 필요하기 때문이다. 어떤 조직이든 만들어지고 나면 모두 이와 비슷한 속성을 갖게 된다. 한 국가라면 더더욱. 다른 점이 있다면 형식의 차이 정도일 것이다.

푸코의 『감시와 처벌』, 아렌트의 『예루살렘의 아이히만』, 식수·클레망의 『새로 태어난 여성』, 보부아르의 『제2의 성』, 길버트·구바의 『다락방의 미친 여자』까지 모두 오늘 우리의 정체를 규정하는 시스템의 '시선'을 다룬다. 그 시선의 형식과 내용을 깊이 이해하고 나면 문학 텍스트의 행간에 담긴 이야기들을 캐낼 수 있다.

『다락방의 미친 여자』에서는 에밀리 브론테의 『폭풍의 언덕』을 끼워넣어 깊이 파헤쳤다. 그 장의 제목은 '암시와 은유 · 생략이 하는 말, 문학의 언어'다. 그런 유에서 최고의 작품이 브론테 자매의 것들이라고 생각하기 때문이다.

여기서 소개한 문학 작가 가운데 유럽 또는 미국에서 풍부한 문화자본을 누리며 성장한 이는 넷밖에 없다. 울프, 사르트르, 엘리엇, 르 귄이다. 이들은 모두 '바벨의 도서관'에서 무궁무진한 텍스트의 우주를 누빈 경험을 가지고 있다. 특히 엘리엇의 독서량은 당시 평균적인 지식인들의 다섯 배쯤 되는 것으로 추정된다.

그런 경험으로 버지니아 울프는 『올랜도』를 썼다. 자유분방하고 쾌활한 어조로 영국 역사를 조롱하며 여성 섹슈얼리티의 진실을 은밀하게 드러낸다. 장폴 사르트르는 주류 이데올로기로 가득한 도서관에서 느낀 욕지기를 털어놓았다. 그것이 『구토』다. 조지 엘리엇은 뛰어난 여성이 시스템 속에서 자신의 재능을 드러내지 못하고 한계에 갇힌 비극을 『미들마치』에 담았다. 아이러니한 제목만으로도 가슴이 아린다. 어슐러 르 귄은 아예 모순으로 뒤엉킨 지구를 떠났다. 겨울 행성에서 양성평등에 대한 구체적인 시뮬레이션을 해 보인 것이다. 그곳에는 성 구분 없이 모두가 양성인이다. 이 작품들 모두가 매우 현대적인 문제의식 아래

세계를 균열하려는 욕망을 드러낸다. 주류의 삶을 살았지만 변화에 대한 의지가 강했던 작가들이 던지는 어젠다와 그들 나름으로 내놓은 대답을 들을 수 있다.

일곱 작품의 작가들은 이른바 '주변 국가' 출신이다. 쓰기 싫은 용어지만 '주변'이란 말에 담긴 표면적 의미는 어느 정도 타당하다. 그들의 작품을 읽어보면 결국 프랑스나 영국, 또는 미국으로 연결된다. 페루의 군사학교 이면을 통해 억압된 인간의 일탈을 그린 바르가스 요사의 『도시와 개들』이나 헝가리 전쟁고아의 끔찍한 성장과정을 보여준 아고타 크리스토프의 『존재에 대한 세 가지 거짓말』, 칠레의 여성 4세대의 미시사에 담긴 혁명성을 드러낸 이사벨 아옌데의 『영혼의 집』은 모두 지역적인 사건을 다룬다. 그러나 프랑스에서 그 문학성을 인정받고 미국에서 엄청난 판매량을 기록한다. 크리스토프의 경우 엄청난 판매량이라고 할 순 없지만. 그리고 작가들은 프랑스나 스위스, 미국에서 살아간다. 사실 대부분의 '주변 국가' 작가들은 세계적인 명성을 얻은 뒤 설사 이주하지 않는다 해도 프랑스나 미국에 머문 기간이 길었다. 무엇보다 그들이 사용한 문학적 기법은 서구 문학의 전통에 뿌리를 둔 것이다. 작품 이면에 담긴 보편성은 중앙의 균열을 목적한다. 그렇지 않았다면 오늘날 우리에게까지 전해지지 않았을지 모른다. 끔찍한 독재국가로 변한 미국을 다룬 『시녀 이야기』는 캐나다 작가인 마거릿 애트우드의 작품이고, 작가의 더블이 수없이 등장하는 페미니스트의 『금색 공책』은 로디지아/짐바브웨 출신인 도리스 레싱의 것이다. 때 이른 부조리극의 탄생을 예고한 『소송』의 작가 카프카는 체코 출신이며, 그 유명한 『이방인』의 작가 카뮈는 알제리 출신이다.

주류 문학사에서도 최고의 영문학 작품으로 인정받는 작가들은 변방에서 성장했고 개인의 천재성으로 세계에 틈을 내는 작품을 썼다. 아일랜드 출신의 제임스 조이스는 영문학에서 가장 난해한 모더니즘 작품을 내놓았다. 그러면서도 언제나 머스트must 현대 고전문학 목록의 최상위에 오른다. 『율리시스』는 위에서 말한 최고의 분석 도구로 무장한 독서가라면 더없이 즐거운 지적 유희를 누릴 수 있는 작품이다. 더구나 이것은 서구 문화의 기원인 『일리아스』와 『오디세이아』에 연결되어 있다. 최소한 같은 수준의 난해한 작품으로 꼽히는 윌리엄 포크너의 『소리와 분노』 역시 제 독자에게는 더없이 깊은 즐거움과 함께 놀라운 통찰력을 보여준다. 베케트의 『고도를 기다리며』는 무의미한 의미를 다룬다는 점에서 난해하다. 아이러니로 뒤범벅된 의미뭉치를 풀어내지 못하면 텍스트를 이해하기 어렵다. 부조리극이라는 '새로운 형식'에 대한 가치를 인정받아 노벨문학상을 수상했다. 베케트는 에필로그에서 다루려다가 길어져서 따로 떼어냈다. 허먼 멜빌의 『모비 딕』은 매우 특이한 소재를 다뤘다는 점에서 난해하다. 몇 달 동안 바다만 보이는 망망대해의 풍경과 거대한 고래와 싸우는 선원의 모습을 상상하기란 쉽지 않다. 고래 내부로 들어가 기름을 짜내는 장면 역시 마찬가지다. 이 작품들은 모두 번역이 어렵기에 최근에야 읽을 만한 한국어 번역본이 나왔다. 그런 의미에서 이전의 해설도 실체가 부실했다고 말할 수 있다. 이런 문제에 대해서도 자세히 다루었다.

하인리히 뵐의 『카타리나 블룸의 잃어버린 명예』는 문학사에서 보기 드문 주제를 담은 작품이다. 개인의 명예를 박살낸 황색 언론지의 기자를 총으로 쏴 죽인 이야기이기 때문이다. 누구도 언론을 상대로 싸우려 하지 않는다. 작가들이라고 다르지 않다. 그럼에도 '작가' 뵐은 언론을 향해 직설어법으로 포문을 열고 쏘았다. 이 작품 역시 맥락과 배경을 이해하고 나면 더 깊은 의미를 새길 수 있다.

바로 오늘날 우리가 속해 있는 포스터모던 시대에 고전이 될 만한 작품도 하나쯤은 포함시켜야 했다. 줄리언 반스의 『플로베르의 앵무새』가 그것이다. 유명한 소설가 플로베르를 추적하는 아마추어 평론가의 고뇌를 다룬 에세이처럼 읽히지만 그 이면에는 살인 사건이 감춰져 있다. 표면과 이면의 관계를 아이러니라는 문학적 어법으로 이렇듯 재치 있게 다룬 작품 역시 찾아보기 어렵다.

이렇게 오늘의 정체를 파악해서 그 세계를 균열하는 픽션과 논픽션을 엄선했다. 후보 명단에서 두 번 읽고 제외한 작품도 많다. 소개한 것들은 적어도 네 번은 읽었다. 말을 바꾸면 네 번 이상 읽어도 여전히 읽는 즐거움이 줄지 않는 작품이라는 뜻이다. 다루지 못해서 안타까운 작가도 많다. 보르헤스, 루슈디, 쿤데라, 하루키, 모옌, 토카르추크, 모리슨…… 오늘의 정체를 보여주며 세계를 균열하는 작품들은 여전히 많이 남아 있을 것이다. 그러나 어떻게 하든 한꺼번에 보여줄 방법은 없다. 어느 정도 선에서 일단락해야 했다.

이제 남은 것은 마무리였다. 어떤 작품이 좋을까? 꽤 긴 시간 동안 고민했다. 현대 문학작품과 우리 삶의 관계를 주제로 공개 강의를 하던 어느 저녁이었다. 한강 작가의 노벨문학상 수상이 속보로 떴다. 모두가 환호하며 함께 시청했다. 이때 청중은 내게 소회를 말해달라고 했다. 다음은 그날의 짧은 '소회'다.

어떤 평론가는 한강의 작품들이 한국적인 상황과 정서가 세계적인 공감을 받을 수 있을 정도로 잘 쓰였다고 했지요. 저는 그 관점에 동의하지 않습니다. 여행을 다녀온 분들은 모두 아실 겁니다. 한국이 발달한 정도는 이미 서구의 문화 첨단 도시들과 그리 큰 차이가 없습니다. 한국의 문화 감각 역시 세계적인 수준입니다. 충분히 발달해 있는 그 감각을 잘 드러낸 작품이 많지 않을 뿐입니다. 그건 한국 문학판의 모순과 깊이 관련되어 있다고 봅니다. 제 생각에는 한강의 최근 작품 두 편인 『소년이 온다』와 『작별하지 않는다』가 뛰어난 완숙미를 보여줌으로써 스웨덴 아카데미 회원들이 노벨문학상 수상자로 '충분하다'는 서술어를 사용할 수 있게 했을 겁니다. 그 밑바닥을 떠받친 힘은 이미 그들이 깊이 공감한 이전의 작품인 『채식주의자』와 『희랍어 시간』에서 나왔을 겁니다. 기회가 주어진다면 그의 중요 작품들로 여러분과 다시 만날 수 있기를 바랍니다.

한강의 작품들은 오늘 우리 세계를 균열하는 강한 힘을 보여준다. 더없이 기꺼운 마음으로 『채식주의자』와 『희랍어 시간』으로 마무리했다.

이번 책만큼 두려움과 아쉬움이 큰 적이 없었다. 그만큼 과정이 행복했기 때문일 것이다. 이제 페이지를 넘기면 펼쳐질 텍스트가 독자들에게도 즐겁고 행복한 경험을 선사하게 되기를 간절히 바랄 뿐이다.

차례

제2부 벽을 뚫고 여백으로

제1부

이야기와 의미의 틈 사이로

전쟁 속에서 자란 아이들은 길들여진다,
가장 폭력적이고 가장 윤리적으로

아고타 크리스토프, 『존재의 세 가지 거짓말』, 1986~1991

아고타 크리스토프의 소설 『존재의 세 가지 거짓말』(한국어 판 제목)은 '노트북 삼부작The Notebook Trilogy'을 한 권으로 묶은 것이다. 그 세 작품은 「비밀 수첩Le Grand Cahier」(1986), 「타인의 증거La Preuve」(1988), 「50년간의 고독Le Troisième Mensonge」(1991)이다. 이 작품들은 각각 2년 정도의 간격을 두고 출간됐다. 그럼에도 불구하고 하나의 작품으로 읽힌다. 처음 한 권으로 묶어 낸 곳은 미국이고, 10년쯤 지난 뒤 프랑스에서도 한 권으로 묶었는데, 제목은 '쌍둥이 삼부작La Trilogie des Jumeaux'이었다. 미국의 제목은 '기록' 자체에, 프랑스는 '쌍둥이'에게 초점을 맞췄고, 한국은 '존재'라는 철학적 개념을 사용했다. 작품을 읽기 전에는 꽤 다른 제목으로 느껴질 수 있겠지만 완독하고 나면 모두 비슷한 의미임을 알 수 있다.

어떤 형식의 기록이든 그것은 기억으로 재구성한 사실과 쌍둥이 같은 것이다. 모든 쌍둥이는 비슷해 보이지만 다르다. 기록은 언어화되는 과정에서 사실을 왜곡한다. 경험 그대로 기억할 수 없을 뿐 아니라 기억을 그대로 기록할 수도 없기 때문이다. 기록과 해석이라는 쌍둥이도 비슷한 문제를 가지고 있다. 읽는 사람에 따라 달라지며, 세월의 흐름과 함께 변하기도 한다. 현재의 '존재'는 과거의 기록에 의해 규정되지만 어떤 존재든 현재와 과거의 모습은 다를 수밖에 없다. 달라진 존재는 과거의 기억을 끊임없이 재구성한다. 해석된 존재는 기록의 쌍둥이이지만 기록 그 자체와는 다르다. 그런 의미에서 모든 기록은 존재에 대한 거짓말이 될 수 있는 것이다.

진실은 언어화하는 방식에 있다

이런 주제가 극명하게 드러나는 세 개의 이야기는 다음과 같다. 제1부인 '비밀 수첩'의 원래 제목은 '커다란 노트'다. 끔찍한 전쟁에서 살아남기 위해 수단과 방법을 가리지 않고 적응하는 '우리, 쌍둥이'의 모습이 적나라하게 담겨 있다. 아직 이름을 알 수 없는 쌍둥이가 자신의 경험을 기록한 것인데, 근친상간, 폭력, 동성애, 수간이 간결하고 건조한 문체로 쓰여 있다. 그 결과 '경악스러울 정도로 대담한 묘사'가 난무한다. 그렇지만 이처럼 믿기 힘든 내용이 '우리'에게는 진실임을 분명히 한다. 쌍둥이들은 각자가 쓴 것을 읽어보고 '진실하게 쓴 것'만 커다란 노트에 옮겨 적었다는 것이다. 뿐만 아니라 진실을 언어화하는 방식에도 깊은 관심을 보인다. 이런 식이다.

"우리는 또한 '호두를 많이 먹는다'라고 쓰지, '호두를 좋아한다'라고 쓰지 않는다. 왜냐하면 '좋아한다'는 단어는 뜻이 모호하기 때문이다. 정확성과 객관성이 부족하다."

쌍둥이의 어머니는 아이들이 지켜보는 앞에서 폭격을 당해 처참하게 죽는다. '우리'는 이렇게 기록한다.

"배에서는 창자가 터져나왔다. 온몸이 피투성이였다. 아기도 마찬가지였다. 엄마의 머리는 폭탄으로 팬 구덩이 속에 늘어져 있었다. 두 눈을 뜬 채 아직도 눈물에 젖어 있었다."

감정이 조금도 스미지 않은 매우 건조한 문장이라 더 잔인하게 느껴진다. 1부의 마지막 장면은 내용에 비해 놀라울 정도로 차분하다. 고아나 다를 바 없는 '우리'가 전쟁에 적응하며 살아내던 어느 날 감옥에 갔던 아버지가 찾아온다. 그는 그 지역을 잘 아는 아들들에게 국경을 넘게 해달라고 부탁해 쌍둥이가 안내한다. 마지막 관문은 지뢰밭인데 그곳을 안전하게 건너는 방법은 누군가를 앞서 걷게 하는 것뿐이다. 그들은 아버지를 앞서 걷게 하고 지뢰가 폭발해 죽자 그 시체를 밟고 둘 중 하나가 국경을 넘는다.

공문서에는 존재하지 않는 두 사람

제2부의 제목은 '타인의 증거'다. 여기에는 1부의 '우리'처럼 이름 없는 화자가 아니라 국경을 넘어간 쌍둥이 클라우스와 함께 살던 곳에 남은 나머지 형제인 루카스가 등장한다. 대부분의 이야기는 루카스의 관점에서 쓰인다. 그는 클라우스가 떠난 뒤 '다른 사람들'과 새로운 관계를 맺는다. 가장 극단적인 것은 자발적으로 근친상간을 저지른 야스민과 함께 기거하는 것이다. 야스민은 자기 아버지의 아이를 임신하고 숨기려다 장애를 지닌 아이를 낳는다. 매서운 찬바람 속에서 아이를 강물에 던지려던 야스민은 루카스에게 발견돼 도움을 받는다. 루카스는 도와주려고만 했다지만 성관계를 맺지 않은 것은 아니다. 이 작품에서는

어떤 관계라 해도 섹스는 자연스럽게 일어나는 일일 뿐이다.

루카스는 야스민의 아이 마티아스를 자기 아이처럼 키운다. 그러면서 또 다른 나이 많은 여자를 사랑한다. 이야기의 결말은 오리무중이다. 야스민은 아이를 내버려둔 채 대도시로 떠났다고 하지만 근처에서 시체로 발견됐고, 깊은 애정을 쏟아 키운 아이는 장애인이라는 운명을 견디지 못해 자살한다. 이후 루카스는 사라진다. 참고로 야스민은 순수와 아름다움의 상징인 재스민 꽃이고 마티아스는 하느님의 선물이라는 뜻이다.

쌍둥이 클라우스가 30년 만에 루카스가 살고 있는 곳으로 돌아온다. 사람들은 모두가 클라우스가 루카스인 줄 안다. 클라우스는 헤어진 쌍둥이 형제라고 밝히지만 아무도 믿지 않는다. 클라우스는 사라진 루카스가 남긴 '기록'을 존재의 증거로 받아들이지만 공문서에는 그들 누구도 존재하지 않았던 것으로 밝혀진다.

비도덕적이지만 가장 순수한 윤리적 태도

제3부의 제목은 '50년간의 고독'(원작의 제목은 '세 번째 거짓말')이다. 여기에는 클라우스 루카스라는 시인이 등장한다. 그는

한 출판사에서 경영하는 인쇄소의 사장이다. 1부와 2부의 이야기가 진실이 아니라 모두 상상일 뿐이라고 말하는 것 같다. 그 에피소드들은 시공을 넘나들며 뒤섞여 있다. 끔찍한 상황에 대한 이야기가 펼쳐지기도 한다. 고문실이 있는 병원과 재활원에서 악마 같은 짓을 하던 클라우스가 등장하고 자신이 루카스의 쌍둥이라고 주장하지만 그 스스로도 자기주장을 믿지 못하는 듯 보인다. 주변 인물과의 대화에서도 이런 의문이 드러난다. "너는 클라우스니 아니면 루카스니?" 전쟁 중에 폭격으로 죽었다는 엄마가 등장해 자신이 루카스를 죽였다고 주장하기도 한다. 그러면서도 루카스를 만난 클라우스는 이렇게 말한다. "나는 그가 죽지 않고 돌아올 것을 알고 있었다. 그러나 왜 오십 년이 지난 지금에야? 나는 나를 지켜야 한다."

3부에는 클라우스 루카스라는 이름의 한 인물이 등장할 뿐 아니라 쌍둥이인 클라우스와 루카스가 헤어진 뒤 겪은 서로 다른 경험에 대한 이야기가 나온다. 그러나 뒤로 갈수록 누가 클라우스이고 누가 루카스인지 알 수가 없다. 어쩌면 작가도 그랬을지 모른다. 텍스트만으로는 정체가 애매한 경우도 많다. 그게 당연한 일인지도 모른다. 우리는 여러 개의 얼굴을 가진 한 명의 인간이 아닌가. 다른 얼굴의 나는 나이면서 내가 아니기도 한 쌍둥이다.

슬로베니아 출신의 철학자인 슬라보예 지젝은 영국의 유력 일간지인 『가디언』에 기고한 리뷰(2013.8.12)에서 이렇게 마무리했다.

"공감 없는 윤리적 괴물, 맹목적인 자발성과 반사적인 거리감이 기묘하게 일치하는 가운데 해야 할 일을 수행하며, 타인을 돕되 그들의 혐오스러운 근접은 피하는 존재. 이런 사람이 더 많았다면, 세상은 감상주의가 차갑고 잔혹한 열정으로 대체되어 쾌적한 장소가 되었을 것이다."

지젝은 이처럼 자극적이고 아이러니한 어법을 즐겨 쓴다. 여기에서 '차갑고 잔혹한 열정'은 감정에 휘둘리지 않고 효율적이며 체계적으로 올바른 일을 하는 태도로 해석할 수 있을 것이다.

프랑스의 일간지 『르몽드』는 "전쟁의 잔혹함과 인간 본성의 어두운 면을 탐구한 걸작"이라고 찬사를 보냈다. 이런 평가들은 쌍둥이 소년이 보여주는 순수하고 조건 없는 윤리적 태도 때문일 것이다. 그들은 전쟁의 와중에 살아남기 위해 필요하다면 거짓말하고, 협박하고, 살인도 하지만, 장애가 있거나 가난한 이들, 당장 도움이 필요한 사람들이라면 아무 대가 없이 최선을 다해 도울 뿐 아니라 약자를 착취하는 사람을 보면 가차 없이 응징한다. 그것이 두 개의 얼굴을 가진 쌍둥이로 표현된 것이고. 그런 상징성은 클라우스와 루카스라는 이름에 담겨 있기도 하다. 클라우스는 전쟁에 대한 승리를 의미하고 루카스는 희망의 빛이다.

이 작품은 프랑스 고등학교 과정에서 '현대의 고전'으로 읽힌다. 그러나 작품에 실린 잔혹하고 음란한 묘사 때문에 학부모들에 의해 고발 사건이 벌어지기도 했다. 2000년 11월 23일, 아브빌의 한 중학교 3학년 교실에 경찰이 들이닥쳐 수업 중이던 교사를 경찰서로 연행했다. 이는 일부 학부모의 고발로 인해 이루어진 조치였는데, 그들은 이 교사가 자신의 자녀들에게 포르노 서적 읽기를 권했다고 말했다. 그러나 이 사건은 교육부 장관을 비롯한 지식인과 교수들의 즉각적이고도 적극적인 지원 및 지지로 빠르게 종결되었다.

마지막으로 언급하고 싶은 것은 문체에 대한 것이다. 1부의 화자는 조숙한 소년의 간결하고 냉소적인 어투를 사용한다. 그것은 헝가리 출신의 이 작가가 '아직 프랑스어에 능숙하지 못한 시절'에 썼기 때문이라고 고백한 적이 있다. 프랑스어에 익숙해진 뒤에 쓴 2부와 3부는 세련된 언어 감각을 보여준다. 미묘한 뉘앙스에 깊은 의미를 담아냈다. 그러나 이 작품의 가장 큰 가치는 언어의 한계를 넘어서 절대적 영원성의 차원까지 확장될 수 있는 작가의 철학적 깊이일 것이다.

글이 풀리지 않으면,
이 책을 읽는다

조지 엘리엇, 『미들마치』, 1871~1872

대부분의 여성 작가 작품이 그랬듯이 조지 엘리엇의 『미들마치』도 남성 중심의 문학사에서 홀대를 받았다. 한국에서는 더 심했던 것 같다. 30년 전쯤에 번역 출간된 이후 거의 잊혔다. 문학 고전을 다루는 책에서도 언급되는 일이 드물었으니 대형 출판사의 세계문학전집에 등장하지 않은 것도 당연해 보인다. 그런데 2016년경부터 영어판 전자책이 인터넷 서점에 나타나기 시작했다. 구텐베르크 프로젝트에서 공짜로 볼 수 있는 그 텍스트였다.

이 작품이 최근에 새로 주목받는 이유를 정확하게 알기는 어렵지만, 2015년 영국 BBC 방송의 문화 설문조사와 관련이 있는 것 같다. BBC에서는 그해 말 영국을 제외한 전 세계 전문가 82명을 대상으로 '최고의 영국 소설'이 무엇인지 물었다. 거기에는 서구의 유명 평론가뿐만 아니라 아프리카인과 아시아인도 포함되어 있었다. 놀라운 사실은 '위대한 작품 100편'의 40퍼센트가 여성 작가의 것이라는 점이었다. 1위가 조지 엘리엇의 『미들마치』였고 2, 3위는 버지니아 울프의 대표작들이었으며, 브론테 자매의 작품과 메리 셸리의 『프랑켄슈타인』도 10위권 안에 들었다.

한편 영문학자들이 그렇게나 떠받들던 남성 작가 제임스 조이스나 존 밀턴은 없었다. 이 평가는 이전 영문학사의 흐름을 완전히 거스른 결과였다. 시대와 관점이 변하면 작품에 대한 평가도 크게 달라진다는 점을 아주 잘 보여주었던 것이다.

지적인 아내에게 기대려던 남편, 죽어서도 통제하다

2019년에 30년 전 한국어로 번역됐던 『미들마치』가 새롭게 출간됐다(이가형 번역). 어쩌면 그때쯤 대형 출판사도 번역하기로 결정했는지 모른다. 한국어판으로 1400쪽이 넘는 대작이기에 많은 시간이 필요할 뿐 아니라 돈도 많이 드는 쉽지 않은 작업이기 때문이다. 그런 점을 감안해도 늦은 감이 있다. 2024년 초에야 민음사에서 새로운 번역판 『미들마치』가 출간됐고, 드디어 '현대 한국어'로 읽을 수 있는 길이 열렸다. 알 만한 사람은 다 아는 작품이지만 읽은 사람을 찾기란 불가능했던 그 유명한 작품이 이제야 선을 보인 것이다.

이 작품은 시작과 마무리에 작가의 중요한 메시지를 담고 있다. 서문에서 아빌라의 테레사를 언급한다. 16세기에 스페인 아빌라에 살았던 위대한 성인이며 가르멜 수녀회를 개혁했던 인물이다. 그는 일곱 살 때 성인들의 이야기에 감명받아 오빠와 함께 '무어인'들과 싸우고 순교하겠다며 집을 떠났다. 그러나 도시 성벽 밖에서 삼촌에게 발견돼 집으로 돌아가야 했다. 이에 굴하지 않고 훗날 자신이 원하는 대로 '위대한 포부'를 실현하며 성인이 된다. 작가는 이 이야기를 소설의 모티브로 삼았다.

작품 속에서 가장 중요한 인물인 도러시아 브룩은 여동생 살리아와 함께 '삼촌'에 의해 양육됐다. 도러시아는 좀더 좋은 세상을 만들기 위해 영웅적인 일을 하려는 원대한 포부를 갖고 있었고 뛰어난 재능을 지녔지만 결혼이라는 제도에 스스로 갇힌다. 남편이 되는 캐소본은 스물여섯 살 더 많지만 도러시아의 지적인 모습에 반해 아내를 통해 자신도 지적인 성장을 할 수 있으리라 기대했던 것이다. 그러나 당시 결혼생활에서 아내는 남편을 주인으로 모시고 남편이 원하는 일을 하는 것 이상의 역할은 누구도 원치 않는다는 것을 몰랐다.

그 남편은 일찍 죽지만 죽으면서도 유서를 통해 도러시아의 행동을 통제한다. 도러시아가 할 수 있는 최선의 저항은 재산을 포기하고 남편의 젊은 친척 래디슬로와 재혼하는 것이었다. 서문에서 경고한 대로 20세기 초반의 영국 사회에서 여성은 사회적으로 중요한 일을 할 수 있는 길이 꽉 막혀 있는 절망스러운 모습을 보여준다. 비판적인 페미니스트들은 대단한 재능을 가진 도러시아가 무력한 모습으로 그려진 것을 비판하기도 했다. 작가인 엘리엇의 파격적인 삶과는 너무 달랐기 때문이었을 것이다.

이 소설의 부제가 '지방 생활 연구'이듯이 한 사람의 이야기에 머물지 않는다. 소설은 '미스 브룩'으로 시작하지만 주변의 인물 세 쌍을 통해 '지역 생활'의 다양한 모습을 보여준다. 작가가 언제나 깊은 관심을 가졌던 여성의 지위가 중요한 초점이고, 이상적인 삶을 추구하는 주민들의 일상, 사리사욕과 관련된 문제, 종교와 정치 개혁, 교육에 대한 문제를 결혼생활을 통해 보여준다. 그런 점에서 이전의 여성 작가들 소설과는 달랐다. 결혼해서 행복하게 잘 살았다는 해피엔딩으로 마무리되는 이야기가 아니라, 결혼 이후의 실제 삶을 보여주는 것이다. 그래서 울프는 "성인을 위해 쓰인 보기 드문 작품"이라는 찬사를 보냈을 것이다. 이 소설이 뛰어난 리얼리즘 작품으로 꼽히는 이유이기도 하다.

풍부한 성품은 이름 없는 수로에서 흐른다

소설 속 프레드와 메리는 둘 다 미들마치 토박이로 평범한 상류층 사람이다. 프레드는 미들마치 시장의 아들로 엄청난 부자인 삼촌 페더스톤에게서 유산을 물려받으리라 기대하며 공부를 게을리한다. 그러나 페더스톤은 자신의 사생아 앞으로 모든 재산을 남기고 죽는다. 메리는 낙심한 프레드를 채찍질해 스스로의 삶을 개척하게 만들고, 마침내 프레드는 자립해 메리와 결혼한다. 여성에게 남편이란 다루기 나름인 존재였던 것이다.

외지인 의사인 리드게이트는 과학적인 의학에 전념하며 새로운 발견을 통해 자신의 입지를 다지려고 노력한다. 그러나 대단히 아름답고 매력적이지만 또 사치스럽고 이기적인 프레드의 여동생 로저먼드와 결혼하면서 재정적인 곤경에 빠진다.

마지막으로 불법적으로 부자가 되어 미들마치의 은행장이 된

불스트로드와 건달이자 사기꾼인 존 래플스가 이 모든 주요 등장인물의 연결 고리가 되어 비밀을 풀어주는 역할을 한다. 래플스가 불스트로드를 협박해 돈을 뜯는 과정에서 주요 등장인물들의 숨겨진 과거가 하나씩 드러나는 것이다. 그러나 래플스는 갑자기 병에 걸려 죽고, 불스트로드는 그의 곁을 지켰기 때문에 살인 의혹을 받는다. 불스트로드는 스스로 자신의 과거를 반성하고 관련된 사람들에게 자기 재산을 나눠준다. 이후 주요 등장인물들의 삶은 대개 해피엔딩에 가깝다.

작가는 '피날레'라는 제목의 장에서 그들의 삶이 어떤 식으로 전개됐는지 간단하게 정리해서 보여준다. 그런 다음 마지막으로 작가의 의도를 분명히 밝힌다. 서문에서 말했던 성 테레사의 영웅적인 삶과 도러시아 이야기의 영향력이 다르지 않다는 것이다. 다음은 마지막 문단이다(번역은 필자).

"그녀의 섬세하고 감동적인 영혼은 가치 있는 결과를 낳았지만 널리 알려지지 않았다. 페르시아의 키루스 대왕이 강의 기세를 꺾어 수만 갈래로 흩어 보이지 않을 정도로 가늘게 만들었던 것처럼 그녀의 풍부한 성품은 이 세상의 이름 없는 수로에서 흘렀다. 그녀가 주변 사람들에게 미친 영향은 이루 헤아릴 수 없을 만큼 넓게 퍼졌던 것이다. 세상이 조금씩 더 좋아지는 과정은 역사에 기록되지 않은 행위들에 의한 것이다. 우리 상황이 더 나빠

지지 않은 것은 충만한 삶을 살았지만 잊힌 무덤에서 쉬고 있는, 잘 알려지지 않은 이들 덕분이기도 하다."

좋은 작품은 한 번만 읽을 수 없다. 나는 네 번 읽었다. 아마 또 읽을 것이다. 대단한 사건도 특별한 영웅도 없이 밋밋하지만 이상하게 자극적이다. 평범한 사람들의 세속적인 삶에 나타나는 타인에 대한 배려와 자신의 행위에 대한 세심한 성찰이 정서를 건드리기 때문일 것이다. 소설 『파친코』를 쓴 이민진 작가도 비슷한 생각을 갖고 있는 것 같다. 그는 글이 풀리지 않을 때마다 이 책을 읽는다고 했다. 이 소설을 읽는 외국 작가 가운데에는 리베카 메드가 있다. 그는 『내 인생의 미들마치』라는 에세이집까지 썼다. 이처럼 고전은 되풀이해서 읽는 걸작이다. 이 소개글이 독자들을 작품의 깊은 곳으로 안내하는 초대장이 되면 좋겠다.

고통 3부작이 아니라 환희 3부작

한강, 『채식주의자』, 2007

한강의 『채식주의자』에는 중편 연작소설 「채식주의자」(2004), 「몽고반점」(2004), 「나무 불꽃」(2005)이 담겨 있다. 각각 다른 이야기로 읽을 수 있지만 사실은 하나의 이야기, 장편소설이다. 세 작품을 따로 발표했고 「몽고반점」이 이상문학상을 받는 바람에 하나가 되기까지 다시 2년의 시간이 더 필요했다.

한강의 초기 작품들은 극심한 노이로제나 강박증에 갇힌 인간의 내면을 탐구한다. 작가는 『채식주의자』가 1997년의 단편 「내 여자의 열매」에서 출발했다고 하지만, 내가 보기에는 1994년의 「여수의 사랑」에서 시작되었다.

「여수의 사랑」(1994)에는 결벽증을 가진 정선과 동숙자 자흔이 등장한다. 지독한 결벽증으로 자신을 괴롭히는 정선은 우연한 첫 만남에서 자흔에게 막연한 호감을 느낀다. 자흔의 모습이 정선의 강박증이라는 동전의 다른 면이었기 때문일 것이다. '상대의 모습'이 보는 이의 거울 이미지라면 자흔은 곧 정선이다. 자흔이 사라지자 정선은 결벽증의 괴로움에서 해방된다.

소설의 전개과정에도 그런 암시가 담겨 있다. 정선은 어린 시절에 아버지의 동반 자살 시도에서 혼자 살아남았다. 작가는 동네 사람들의 입을 통해 그 어린아이가 어떻게 혼자 살아갈 수 있을지 걱정스런 마음을 표현한다. 그게 전부다. 이후에 어떻게 성장해서 대학을 졸업하고 직장까지 구할 수 있었는지는 설명하지 않는다. 그 빈 시간은 고향도 부모도 분명치 않은 자흔의 성장과정으로 채워져 있다.

두 사람의 이름도 동전의 양면임을 암시한다. 정선에는 결벽증이, 자흔에는 자유의 느낌이 담겼다. 이렇게 곱씹어보면 정선과 자흔의 우연한 만남은 필연이었음을 알 수 있다.

이런 강박증 탐구에서 한 걸음 더 나아간 작품이 「내 여자의 열매」(1997)다. 여기에는 서로 사랑하는 젊은 부부가 등장한다. 그런데 어느 날부터 아내는 병원에서 진단해도 찾을 수 없는 마음의 병을 앓기 시작한다. 몸에 생긴 멍 자국은 나뭇잎으로 변했다. 그것은 아파트를 답답해하던 아내의 바람이었을 것이다. 결국 아내는 나무가 되어버렸고 남편은 나무가 된 아내를 돌본다. 마지막 장면에서 남편은 그 나무가 남긴 열매를 거둔다. 한두 개 맛보기도 하지만 남은 것은 여러 개의 화분에 심는다. 봄이 되면 아내가 다시 피어나주기를 바라면서. 이 작품에서는 아내가 나무가 되는 과정이 주변과 큰 갈등을 일으키지 않는다. 남편도 이 마법적인 상황을 쉽게 받아들인다.

여기에서 혹시 남편이 열매를 맛보는 장면의 의미는 무엇인지 궁금하다면 예수가 베푼 최후의 만찬을 떠올리면 된다. 예수는 처형되기 전날 제자들과 만찬을 하던 중 빵을 뜯어 주면서 '이것은 나의 몸이요', 포도주를 주면서 '이것은 나의 피다'라며 먹고 마시라고 한다. 제자는 언제나 스승을 배신하지만 소용없다. 스승의 몸과 피를 먹은 제자들 속에 이미 스승이 있기 때문이다. 아내는 남편에게 이미 깃든 것이다. 그랬으니 제목을 '내 여자의 열매'라고 했을 것이다.

『검은 사슴』(1998)이나 『그대의 차가운 손』(2002)에도 『채식주의자』의 영혜와 닮은 인물들이 등장한다. 답답해서 길거리에서 옷을 훌훌 벗어던지는 의선이나 의붓아버지의 강간에서 벗어나기 위해 엄청나게 먹어대는 L이 그런 인물이다.

사건은 무의식에서 터져나온다

장편소설의 첫 번째 이야기, 「채식주의자」는 진부하기 짝이 없는 시뮬라크르인 직장인 남자 '나'가 화자로 등장한다. 적어도 표면적으로는. 한강은 작품 속 화자가 사건의 전말을 온전히 소유하도록 허락하지 않는다. 조금이라도 진실에 더 가까이 다가가기를 바라기 때문일 것이다. 카프카의 장편소설에서 사용되는 자유간접화법보다 더 자유롭게 등장인물들이 자신의 체험에 대해 직접 말한다. 사건은 영혜의 꿈에서 비롯될 뿐 아니라 그 꿈은 호출해낸 어린 시절의 기억, 의식의 벽을 뚫고 터져나온 무의식의 의식 때문에 생긴 것이다.

'나'는 영혜가 너무나 무난하고 평범해 보여서 편했고 그래서 결혼 상대로 결정했다며 이야기를 시작한다. 그런데 겨우 꿈 때문에 채식주의자가 되는 것을 보니 자기가 잘못 본 것 같다는 것이다. 맞다, 잘못 본 것이다. 「몽고반점」에서 형부에게 영혜는 가지를 치지 않은 야생의 나무 같은 힘을 가진 특별한 모습이었고, 「나무 불꽃」에서 언니 인혜가 아는 영혜는 자기와 달리 아버지의 비위를 맞추지 못해 손찌검을 당하며 자란 간 큰 동생이었다. 한없이 무난하고 평범한 사람은 영혜가 아니라 '나'였던 것이다.

그 '나'의 입장에서 벌어지는 사건은 극히 진부하게 전개된다.

도살장 창고 같은 곳을 통과하는 꿈을 꾸고 난 뒤 영혜는 냉장고에 있던 육류를 모두 꺼내 버리고 잠도 자지 않을 뿐 아니라 섹스도 거부했다. 그런 문제를 해결하기 위해 '나'는 처가 어른들에게 고자질하고, 처가의 모임 날 해결되리라 기대했지만, 아버지의 강압적 폭력이라는 해결책에 영혜는 더 극단적인 저항으로 맞선다. 망설이지 않고 보란 듯이 자신의 손목을 그어버린 것이다. 그러나 그런 사건은 모두 주변적인 것이다. 핵심은 가부장제 시스템의 일상적인 폭력에 대한 무의식적인 저항이 꿈을 통해 편집증을 촉발하고 그 편집증이 '무난하고 평범한' 현실을 파괴하는 과정이다.

처음 나온 꿈 이야기에서 영혜는 끔찍한 느낌으로 휩싸인 도축장 창고 같은 공간을 통과한다. 그 꿈이 끝나갈 즈음 옷과 손, 입에 피가 묻은 채 헛간 바닥 피웅덩이에 비친 자기 얼굴을 본다. 그 얼굴은 익숙하면서도 몹시 낯설다. 이제 이전의 영혜로 돌아갈 수 없다.

무의식이 그 꿈을 통해 폭발한 이유는 그다음 이탤릭체로 쓰인 영혜의 말에 등장한다. 경험자라면 소름 돋을 만큼 공감되는 장면이다.

고기를 썰고 있던 영혜에게 남편이 화를 내며 재촉했다. "제기랄, 그렇게 꾸물대고 있을 거야?" 그 말이 영혜를 서두르게 만들고 정신을 못 차리게 했다. 허둥대다가 손가락이 베인다. 그 '사고'가 오히려 영혜를 진정시킨다. 남편이 다시 날뛰기 시작한 것은 불고기에서 그때 빠진 칼의 이가 씹혔기 때문이다. 미친놈 같은 남편을 보면서 영혜는 놀라지 않는다. 그때 무의식이 등장한다. 주변의 모든 것이 썰물처럼 밀려나가고 무한한 공간에 혼자 남은 것처럼 느낀다. 이튿날 새벽에 그 끔찍한 꿈을 꾼 뒤 현실을 파괴하기 시작한다.

꿈이라는 소재는 텍스트와 같은 것이다. 글로 쓰면 무엇이든 만들 수 있듯이 꿈에는 작가가 원하는 대로 필요한 상징을 부조리한 스토리에 담을 수 있다. 글쓰기가 시뮬레이션이듯이 꿈이라는 소재 역시 시뮬레이션이다. 그렇게 보면 꿈이 사건을 끌고 가는 「채식주의자」는 액자소설의 구조도 가진 셈이다.

가부장제에 대한 저항이 단지 여성의 삶만 위한 것이 아니라 우리 모두의 삶을 위한 것이듯 꿈에 끔찍하고 혐오스러운 도축장 창고를 무대로 설정한 것도 크게 보면 자본주의의 작동 방식에 대한 은유로 읽을 수 있다. 육식이 타자의 희생을 통한 생존과 쾌락, 행복의 추구라는 점에서. 점점 가속화되고 있는 자본의 쏠림 현상에 약육肉강식의 논리가 자유롭게 작동하고 있기 때문이다. 육肉의 은유는 우리 일상에서 이토록 상식적이지 않은가.

소설의 전개과정은 이렇듯 우리의 일상적인 문제 제기에 대해

답한다. 식물만 먹는다고 뭐가 다른가? 식물도 생물이지 않은가. 거기에 대한 대답은 비슷한 시기에 출간된 앨런 와이즈먼의 『인간 없는 세상』(2007)을 떠올리게 한다. 지구를 구하고 싶은가? 그렇다면 인간이 죽어야 한다.

영혜의 답은 식물이 되는 것이다. 그러기를 바라다가 마침내 그렇게 되었다고 선언한다. 세 번째 이야기, 「나무 불꽃」에서. '나는 이제 동물이 아니야.' 그러니 햇빛만으로 충분하다. 그는 모든 먹을거리를 거부하고 죽음에 이른다. 그러나 마지막 장면에서 갑자기 확 깬다. 언니 인혜의 말 때문이다. '꿈속에서는 꿈이 전부인 것 같잖아. 하지만 깨고 나면 그게 전부가 아니란 걸 알지…….' 내가 작가라면 그 뒤 두 문단은 지웠을 것이다. 소름 돋는 수미쌍관의 아름다움이 그대로 영원하기를 바라며.

영혜가 다시 끔찍한 악몽 같은 삶을 이어가야 하는 정신병원에 들어가기 전에 거치는 과정이 중간 이야기인 「몽고반점」이다. 이 이야기에도 변형된 꿈의 설정이 있다. 「나무 불꽃」의 마지막 장면을 기준으로 하면 꿈속의 꿈인 셈이다.

어떤 의미에서 무대 위에 펼쳐지는 퍼포먼스는 모두가 꿈 비슷한 것이다. 이미지 역시 마찬가지다. 비디오아트는 이것들보다 더 심하게 현실을 왜곡하는 꿈이다. 연속적인 정지화면이 살아 있는 것처럼 보이게 만드는 것 아닌가.

악몽에서 환희로 끄집어내기

이 모든 것이 꿈과 비슷한 이유는 무엇처럼 보이지만 그 무엇은 아니기 때문이다. 그러면서도 인간의 정신을 자극한다. 그것은 마스터베이션이거나 진통제 같은 것이다. 진통제는 오래지 않아 마약이 된다. 인간의 삶을 한층 더 고양시키는 예술은 이런 기본적인 전제를 거부하거나 무시하지 않는다. '그럼에도 불구하고 예술'이 되어야 하는 것이다. 그렇지 않으면 예술을 추구한다는 착각의 종말이 있을 뿐이다.

인간이 침팬지나 보노보 사회와 크게 다른 점은 일부일처제에 있다. 대개는. 그런 가족 중심주의 사회 체계에서는 잠재적 경쟁자와 협력하며 살아내야 한다. 금기는 자연스러운 현상이지만 질서를 해치기 때문에 생겨난 것들이다. 그러나 고정된 것은 아니다. 그 변화를 추동하는 일탈과 그 결과물이 예술이 될지 말지는 평론가들과 대중의 공감으로 결정된다.

성장과정에서나 어른이 된 뒤 영혜는 인혜의 잠재적인 경쟁자였고, 그 현실에 잘도 인내하며 적응한 인혜가 승리자다. 그는 금기를 어긴 동생과 남편을 적극적으로 처벌한다. 그러나 그 삶이 자기 것이 아니었음을 「나무 불꽃」 후반부에서 절실히 깨닫는다. 영혜가 자신의 그림자였음을. '나'와 마찬가지로 시뮬라크르일 뿐이었던 것이다.

몽고반점은 대부분의 인류가 가진 생체의 종합적인 방어기제로 작동하는 멜라닌이 피부 깊숙이 남아 있는 경우에 드러난 것이다. 태어날 때부터 있지만 성장하면서 사라지는 것이 보통이다. 어른이 되어도 그 흔적을 가진 사람은 많지 않다. 형부는 영혜의 엉덩이에 남아 있는 몽고반점을 상상하면서 성적인 욕망을 품는다. 아내가 언급하는 처제의 몽고반점을 상상하는 것만으로도 발기되는 것을 보면, 금지된 관계였기 때문에 더 자극적이었으리라. 형부는 영혜의 식물바라기를 이용해서 한껏 성욕을 채운다. 서로 사랑하기 때문에 이루어진 자연스러운 성행위가 아닌 것은 분명하지 않은가. 그런 의미에서 그건 약간의 껍질이 흔적처럼 남은 텅 빈 껍데기다. 비디오 촬영이 예술하기라는 합리화의 도구로 해석되는 이유다. 그 '흔적'은 꿈을 깬 현실에서 영혜와 형부의 사회적 죽음이라는 처벌의 증거가 될 뿐이다.

이 작품의 내용은 작가의 말처럼 '고통 3부작'이지만, 나에게는 '환희 3부작'이었다. 두 번째 읽을 때까지는 나도 영혜처럼 악몽에 시달리면서 미칠 것 같았다. 내 독서 습관 때문일 것이다. 처음에는 작가의 메시지에 집중하기 위해 통독한다. 두 번째는 문장 하나하나를 곱씹어가며 의미를 새기면서 오감을 동원해 그 속에 빠져든다. 그때까지는.

그러나 세 번째는 내용을 검증하며 구조를 분석한다. 그때부터 무대 설정의 정교함과 텍스트에 담긴 상징들의 조화에 매료되었다. 게다가 한강의 시적 산문에 담긴 상징성은 얼마나 깊고 치밀한가. 읽으면 읽을수록 작가의 섬세한 필치와 완벽한 상징적 구조를 위한 꼼꼼한 설계에 감탄했다.

나는 적어도 네 번을 읽은 다음 소개글을 쓰는데 두 번째나 세 번째에 그만둘 때도 있다. 곧잘 너무 큰 결함이 발견되기 때문이다. 사소하고 가벼운 흠은 상관없다. 내 기준이 절대적일 리 없기 때문이다. 글을 쓰는 동안 아마 두세 번은 더 읽을 것이다. 글에 담기는 느낌의 근거를 다시 확인해야 하기 때문이다.

요즘은 한 번에 글을 완성한다. 한강의 『채식주의자』에 대한 이 글은 달랐다. 몇 번을 다시 썼는지 모른다. 쓴 것보다 버린 것이 너덧 배는 될 것이다. 그만큼 작품 속에 숨겨진 상징과 정밀하고 아름다운 결맞음이 많았기 때문이다. 감탄스러웠던 그 아름다움을 모두 드러내 보여주고 싶어서 그 속에서 길을 잃었던 것 같다.

그러나 어떻게 하고 싶은 말을 한 번에 다 털어낼 수 있겠는가.

체험화법으로 철학자들을 매료시킨 부조리극 가득한 장편

프란츠 카프카, 『소송』, 1914/1925

프란츠 카프카(1883~1924)의 작품 가운데 가장 유명한 『변신』(쓴 해, 1914/출간, 1925)은 우화로 읽을 수 있다. 사회적 기능을 상실한 사람이 해충으로 변하고 가족들을 경제적 위기로 몰아넣는다. 그 해충은 결국 아버지가 던진 사과에 맞아 상처가 생기고 죽음을 맞는다. 이 작품은 이야기 구조나 전개가 깔끔한 편이다. 카프카가 쓴 작품의 90퍼센트는 발표하지 않았다는 전기 작가의 설명으로 미루어보면 『변신』은 당대에도 잘 받아들여지리라 기대했던 것 같다.

사후에 발표된 『소송』은 아주 다르다. 그의 문장은 아도르노의 말처럼, '모든 문장이 해석해보라고 하지만 어떤 문장도 해석을 거부한다'. 말도 안 되는 장면과 무의미한 대화를 통해 부조리의 극치를 달리는 이 작품은 작가가 불태워 없애기를 바랐던 원고다.

그러나 그 소각의 의무를 맡았던 절친 막스 브로트는 차마 그럴 수 없었다. 자신도 작가였던 그에게 유고인 이 장편소설은 비록 미완성이지만 당대 최고의 걸작으로 보였기 때문이다. 그가 옳았다. 이 작품이 발표된 후 카프카에 대한 평가는 극적으로 달라졌고, 현대 철학자들에 이르기까지 하나같이 깊은 관심과 찬사를 보냈다.

세 번이나 약혼과 파혼을 되풀이했던 그의 우유부단함과 무식하지만 자수성가한 독재자 아버지에게서 시작된 사회적 억압에 순응했던 태도를 고려해보면, 문학을 통해 자신의 존재 의미를 찾으려는 그의 삶은 부조리할 수밖에 없었을 것이다.

등장인물 속으로 들어가버린 것처럼 말하기

부조리라는 단어의 의미는 대체로 다음과 같다. 의미를 찾고 질서를 통해 안정감을 획득하려는 인간이 비합리적이고 무의미해 보이는 카오스적 세계와 충돌하면서 생기는 욕지기(현타) 같은 것이다. 사실 이런 부조리에 대한 인식은 셰익스피어의 작품에서도 발견된다. 맥베스는 열정적인 권력투쟁의 막바지에 이르러 인생이 '아무 의미 없는 분노와 소리로 가득 찬 바보들의 이야기'라고 한탄한다. 『맥베스』(1606)에서 표현되는 이런 인식은 윌리엄 포크너의 『소리와 분노』(1929)에까지 연결된다. 크게 보면 문학의 주제는 모두 이런 삶의 부조리에 대한 탐구라고 할 수 있다.

그러나 '부조리'가 하나의 용어로 정착된 것은 하이데거 이후 실존주의자들에 의해서였다. 그 개념의 시발점이 하이데거의 주저인 『존재와 시간』(1927)이었고 1940년대를 전후해서 사르트르와 카뮈를 중심으로 한 프랑스 사상가들에 의해 널리 퍼졌다. 『고도를 기다리며』(1953)라는 부조리극으로 유명한 사뮈엘 베케트 역시 카프카에게서 깊은 영향을 받았다는 것은 자타가 공인하는 사실이다.

그렇게 보면 『소송』은 대단히 때 이른, 그러면서도 본격적인 부조리극 장면으로 가득 찬 소설로 읽을 수 있다. '부조리한 상황극'이라는 해석의 기대 지평 없이 읽으면 말도 안 된다거나, 잘해야 헛웃음만 나오는 내용으로 받아들일 가능성이 크다. 이야기의 시작은 '체포' 장면이지만 그럼에도 불구하고 일상생활은 여느 날과 조금도 다름없이 지속된다.

카프카는 친구들 앞에서 이 '체포' 장을 읽어준 적이 있었던 모양이다. 이때 모두가 하나같이 배꼽을 잡고 웃었다고 한다. 다들 심하게 웃어대는 바람에 카프카는 낭독을 계속할 수 없을 정도였다. 그런 상황이 카프카로 하여금 이 원고를 불태워버릴 결심을 하게 만들었을 것이다.

『소송』의 스토리는 단순하다. 존재가 분명치 않은 법원에 의해 소송을 당해 체포된 은행의 고위직 인사인 요제프 K가 무죄 선고를 받기 위해 법의 문 안으로 들어가려 애쓰다가 '종말' 장에서 갑자기 처형당한다. 카프카는 시작과 끝인 '체포' 장과 '종말' 장을 먼저 쓴 다음 그 사이의 사건 전개를 다룬 장들을 썼다. 작가가 생각하고 있던 소송과정에서 드러나는 다양한 사건은 뻔한 내용이라고 보았다는 의미다.

작가는 '법정 중재자'를 자처하는 화가의 입을 통해 주인공에게 어떤 판결이 날 것인지, 그 의미가 무엇인지를 자세히 설명한다. 실질적인 무죄, 외견상의 무죄, 판결 지연이 그것이다. 물론 이 경우는 명백한 유죄가 아닐 때이다. 그러나 화가는 실질적인 무죄 판결 같은 것은 본 적이 없다고 말한다. 외견상의 무죄 판결이나 판결 지연은 그리 다른 것이 아니다. 일단 소송에 휘말리면 유죄이고 판결이 내려지는 시기만 달라진다는 것이다. 그리

「소송」, 오손 웰스 연출, 1962

고 한 번 체포된 적이 있는 사람은 설사 일상생활을 영위한다 해도 언제나 법의 통제를 받는다. 그런 점은 화가가 그린 '정의의 여신'이 체포된 적이 있는 요제프 K에게는 '사냥의 여신'으로 보이는 이유를 설명해준다. 이것이 법학 박사 학위를 가졌던 카프카가 이해한 당대의 '소송' 체계였던 것이다.

이렇게 부조리한 내용을 담은 그의 작품이 '잘 읽히는 이유'는 무엇일까? 아마 그의 스타일, 극단적인 자유간접화법이라고 볼 수 있는 체험화법의 효과 때문일 것이다. 자유간접화법은 영국 작가 제인 오스틴에게서 본격적으로 사용되기 시작한 서술 기법이다. 이는 서술자가 등장인물인 것처럼, 또는 등장인물이 서술자인 것처럼 말하는 방식이다. 그럼으로써 독자가 등장인물의 심리와 감정에 좀더 쉽게 몰입할 수 있도록 만든다. 이때 '자유'란 말하는 주체가 서술자와 등장인물 사이를 자유롭게 오간다는 의미다.

카프카는 그 효과를 더 강화하기 위해서 아예 등장인물의 시점으로 말하거나 서술자가 등장인물 속으로 스며들어가버린 것처럼 말한다. 독자는 문장을 해석하는 과정에서 등장인물이 되어버린 듯한 느낌을 받을 정도다.

예를 들면 이런 식이다. "그의 시선은 채석장에 인접한 건물 맨 꼭대기 층에 가닿았다. 불빛이 번쩍이는 것처럼 창문의 양쪽

문짝이 활짝 열리더니, 너무 멀고 높은 곳에 있어서 약하고 여위어 보이는 어떤 사람이 몸을 앞으로 쑥 내밀고는 양팔을 앞으로 쭉 내뻗었다. 누굴까?"(『소송』의 마지막 장면)

첫 문장은 서술자의 설명이지만 두 번째 문장부터는 등장인물의 체험을 그대로 드러낸다. 이런 문장을 해석하다보면 서술자나 독자도 사라지고 등장인물의 느낌만 남는다. 부조리한 상황에서도 쉽게 몰입하게 되는 것이다.

모든 작품은 작가의 일대기다

이 글은 독자가 작품을 직접 읽게 되기를 바라는 마음으로 작품 안팎의 맥락을 조사해서 소개하는 것이다. 내가 적어도 네 번은 읽는 과정에서 생긴 궁금증을 추적 조사한 다음 언급할 만한 가치가 있는 내용들만 고른다. 두 번째 읽었을 때였다. 텍스트를 잘 이해하려면 아무래도 작가의 전기적 사실을 알아야 할 것 같았다.

나는 오랫동안 '프란츠 카프카'가 본명일 리 없다고 생각했다. '자유로운 갈까마귀'라는 뜻이니까. 그러나 아니었다. 중부 유럽(체코) 유대인의 오랜 삶의 역사가 담겨 있는 본명이었다. 그곳에서 갈까마귀는 지혜를 가진 신비로운 동물로 받아들여졌다. 게다가 새가 자유의 상징임을 생각하면 억압받던 유대인이 '갈까마귀'를 집안과 사업의 상징으로 받아들인 이유를 쉽게 짐작할 수 있다.

그런 집안의 장남이었던 카프카는 아버지의 바람대로 법학을 전공했다. 첫 번째 직장은 퇴근 후 글 쓸 시간이 없다는 이유로 9개월 만에 그만두었다. 그러나 곧 국영 기관과 다를 바 없는 '프라하의 체코 노동자 재해 보험회사'에 입사한다. 거기서 14년 동안 재직하는데, 가장 중요한 조건은 하루 6시간 근무였다. 오후 2시에 퇴근하니 글 쓸 시간이 충분했던 것이다. 그는 어린 시절부터 문학과 철학에 관심이 깊었지만 아버지를 거역할 수 없었기 때문에 이중생활을 했다. 그러면서도 직장에서는 고속 승진을 했고 일찍 고위직에 올랐다.

여성 편력이 심했지만 결혼은 하지 않았다. 소설가가 되기 위한 자유를 확보하기 위해서는 그럴 수밖에 없다고 판단했던 것 같다. 당시로서는 불치병이었던 결핵에 걸리지 않았다면 자신의 문학을 이해해준 유일한 여인이었던 밀레나와 관계가 달라졌을지 모르지만.

모든 작품은 작가의 일대기라는 관점에서 보면 그의 전기적 사실들은 작품의 스타일과 내용을 이해하는 데 매우 중요한 열쇠가 된다. 그의 삶을 상상할 수 있게 되면서 구체적인 그의 부조리에 담긴 비유와 상징이 어떤 것인지 이해되기 시작했다.

미시적 삶의 마법적 사실성이 시스템을 멈춘다

이사벨 아옌데, 『영혼의 집』, 1982

이사벨 아옌데는 세계 최고의 작가 가운데 한 사람이다. 그럼에도 불구하고 노벨문학상 후보 베팅 사이트인 나이서 오즈Nicer Odds의 목록에 '아직'은 그의 이름이 없다. 무엇 때문일까? 조사해보니 가장 큰 이유로 세 가지를 꼽는다.

먼저, 가브리엘 가르시아 마르케스가 라틴아메리카 대표 작가 자격으로 이미 노벨문학상을 받았다. 그러니 지역 안배 차원에서 볼 때 또다시 수여하지 않으리라는 것이다. 설득력이 없다. 그렇다면 지금까지 121명의 노벨문학상 수상자 가운데 91명이나 배출한 유럽 출신 작가들에게는 상당 기간 기회가 없을 것이라는 말인가? 지금까지 라틴아메리카 작가는 겨우 여섯 명이었다.

또 하나는 대중성 때문이라고 한다. 아옌데의 작품은 대단히 감각적이고 쉽게 읽히며 재미있지만 세계문학전집에 포함될 정도의 문학성이 결여돼 있다고 의심하는 평론가는 없다. 그게 아니라 수천만 부가 판매될 정도의 상업적 성공을 두고 하는 말이라면 마르케스의 경우는 뭔가? 그의 소설 『백년의 고독』(1967)은 1982년 노벨문학상을 받기 전까지 5000만 부 이상 판매되었다.

마지막 하나가 아옌데 역시 마르케스와 같은 '마술적 사실주의Magical realism'에 속하기 때문에 비슷한 스타일의 작품에 또다시 노벨상을 주지 않으리라는 것이다. 그러나 이 역시 용어의 의미를 잘못 알고 있기 때문에 생긴 편견이다.

원한이 없는 자가 새벽을 연다

마술적 사실주의는 라틴아메리카 문학의 특성을 표현하기 위해 자주 사용되는 용어이긴 하다. 그러나 그렇게만 한정할 수 있는 것은 아니며 그게 전부일 리도 없다. 의미부터 짚어보자면, '현실적인 세계관을 바탕으로 하면서도 마술적 요소를 통합하여 현실과 환상의 경계를 흐리는 문학 및 예술의 스타일 또는 장르다. 현실적 세부 묘사가 대부분이지만 마술적 요소를 통해 현실에 대한 특정 메시지를 전달한다. 반면 판타지 문학은 현실과 다른 세상의 이야기로 이루어진다'.

용어의 기원은 독일의 미술평론가인 프란츠 로가 1920년대 후기표현주의 회화를 '마술적 사실주의'라고 이름 붙인 데서 비롯되었다. 이때 '마법적'이라는 단어의 의미는 일상세계의 '마법'(일상의 사물들이 환상적으로 보일 수도 있지 않은가)을 강조한 것이지 사물이 환상적인 것으로 변하는 단어 그대로의 의미는 아니다. 일상을 묘사할 때 드러나는 상징적이고 초자연적인 느낌을 사실적으로 표현하는 방식이다.

그렇게 보면 이런 스타일은 프란츠 카프카나 살만 루슈디, 밀란 쿤데라, 무라카미 하루키, 모옌(2012년 노벨문학상 수상), 올가 토카르추크(2018년 노벨문학상 수상)의 작품들에서도 자주, 많이 발견되는 특성이다. 이외에도 얼마든지 더 많은 작가와 작품을 찾을 수 있다. 17세기 셰익스피어의 작품들이 그랬고, 그 영향을 받아 18세기 후반에 시작된 고딕소설도 그랬다. 유령이 등장하고 예언이 현실을 규정하는 신비와 초자연적인 요소가 중요한 모티브였다. 환상의 영역이 현실의 영역을 지속적으로 침범하고 채우는 줄거리는 로맨티시즘 시대의 리얼리즘이었고 지금도 여전히 사용되고 있다. 그렇게 보면 마술적 사실주의가 라틴아메리카 작품들 성격의 일부일 수는 있지만 그게 전부는 아니며, 그들에게만 한정할 것도 아니다. 현대 작가의 모든 작품은 광범위한 독서를 거쳐 이루어진 상호텍스트성의 영향 아래에 있는 것이므로.

말하자면 앞서 언급한 작가들의 작품이 비록 '마법적 사실주의'의 성격을 가지고 있더라도 그들을 모두 하나의 범주에 가둘 수는 없다. 마찬가지로 아옌데의 작품에 등장하는 '마법적 사실주의'는 마르케스의 그것과 다르다.

극명하게 갈리는 지점은 마르케스의 『백년의 고독』이 거대 담론을 위한 신화적 판타지로 느껴질 만큼 과장된 마법성을 보이는 반면, 아옌데의 작품은 여성이 중심이 되어 세상의 변화를 이끌어내는 미시적 삶의 '마법적 사실성'을 드러내는 데 있다. 특히 그의 첫 번째 소설인 『영혼의 집』에는 초자연적인 요소라고 해봐야 약간의 염력과 예언 능력을 가진 클라라의 등장이 전부다. 그리 길지도 않고 전체 스토리에 큰 영향을 미치는 것도 아니다. 이후 유령으로 잠깐씩 등장하지만 현실을 다른 세상으로 바꿀 정도의 마법은 아니다. 아주 다른 방식이다.

게다가 새로운 스타일의 역사소설로 읽을 수도 있다. 1920~1973년 칠레의 현대사가 영향을 미친 한 집안의 변화에 대한 기록임을 표방하기 때문이다. 계급질서가 강조되던 시기를 지나 민주주의 국가를 거쳐 사회주의로 이행되었다가 군사 쿠데타가 일어나 독재 국가가 된 시점까지의 역사가 배경인 미시사인 셈이다. 군사 쿠데타 이후 수많은 사람이 행방불명되고 체포 감금되어 고문을 받는 장면에서는 남의 나라 이야기로 느껴지지 않았다.

대를 잇는 폭력과 복수의 마침표 『영혼의 집』은 4대에 걸친 여성들이 자신의 지혜와 의지를 바탕으로 극단적인 가부장제 가족 문화와 사회구조를 어떻게 변화시키는지 보여준다. 스토리는 등장인물들의 이름에도 반영되어 있다. 네 명의 여자 주인공을 세대순으로 보면 1세대 니베아, 2세대 클라라, 3세대 블랑카, 4세대 알바다. 이들 이름은 모두 흰색과 밝음을 상징한다.

페미니스트이자 사회운동가인 니베아는 눈雪이고 예지력과 염력을 가진 클라라는 밝음, 금지된 사랑으로 가부장제에 저항하며 가문의 흐름을 바꿔내는 희생자인 블랑카는 순수와 희생의 상징인 '흰'이라는 뜻이다. 마지막 여성인 알바는 이 소설이라는 기록을 마무리하는 화자이며 과거 역사의 원한과 복수를 되풀이하지 않고 '새로운' 세상을 여는 주인공이다. 그런 역할에 걸맞게 알바는 '새벽'이라는 의미다.

스스로 진리라 주장하는 사람은 아이러니다

스토리 변화의 주역은 이 네 여자 주인공이지만 변화의 대상은 가부장제의 상징인 클라라의 남편 에스테반 트루에바다. 그의 이름도 역할에 걸맞은 의미를 담고 있다. 에스테반은 왕관이고 트루에바는 진실 또는 정직함이다. 자신의 생각이 곧 진리라고 주장하는 사람인 것이다. 대단히 아이러니하고 역설적인 표현이다. 그는 자신의 뜻대로 되지 않거나 의도를 거스르는 사건을 맞닥뜨리면 끔찍할 정도로 폭력을 휘두르는 인물이다. 미치지 않고서야 어떻게 그렇게까지 할 수 있을까 싶을 정도다. 그러면서도 자신은 늘 합리적이고 공평하며 정직한 사람이라고 주장한다. 가끔 그가 이런 극단적인 폭력의 주인공으로 그려지는 이유는 가부장제의 지독한 방어 기제에 대한 상징으로 읽을 수 있다. 가족에 대한 애정도 지극한 데가 있다. 그 애정이 세상을 변하게 만드는 계기가 된다.

가장 큰 변화의 요인 가운데 하나는 가정폭력이었다. 딸인 블랑카가 마을 소작인의 아들과 깊은 관계라는 사실을 알고는 미친 듯이 폭력을 행사한다. 사랑하는 딸이 피투성이가 되어 진흙탕 속에서 꼼짝도 못 할 때까지 채찍을 휘두른다. 이에 항의하는 부인 클라라에게도 곧바로 바닥에 쓰러질 정도로 얼굴을 후려갈

「영혼의 집」, 카르메 포르타첼리 연출, 2021

졌다. 그러면서 곧바로 후회하고 사과한다. 그리 낯설지 않은 장면 아닌가. 이 사건 이후 딸과 아내는 그에게서 멀리 떠난다. 이런 전개는 그럴듯하지 않다. 내가 아는 한 가부장제의 강압과 폭력은 그렇게 멈추지 않는다.

감동적인 장면은 알바의 마지막 기록에 담겨 있다. 알바는 외할아버지에 대한 복수의 대상이 되어 군부에 끌려가 고문받고 강간당한다. 우여곡절 끝에 풀려나지만 자신이 임신했다는 것을 알게 된다. "그토록 많은 강간을 당하면서 생긴 아이일 수도 있고 아니면 미겔(애인)의 아이일 수도 있지만 내 딸인 것만은 틀림없다." 그러나 자신은 아이를 기다릴 뿐, 더 이상 복수하지 않음으로써 그 원한의 고리를 끊겠다고 결심한다. 이후에 쓰일 두 장편인 『운명의 딸』(1999)과 『세피아 빛 초상』(2000)을 예고하는 마무리다.

아옌데의 작품은 페미니즘 색채가 강하다. 그러나 마무리에서 보이는 것처럼 배타적이기보다는 화해와 포용의 자세를 취한다. 이 점이 독자의 정서 속으로 천천히 강력하게 침투했을 것이다.

작가도 범인이 누군지 모른다

마리오 바르가스 요사, 『도시와 개들』, 1963

마리오 바르가스 요사는 2010년에 노벨문학상을 수상한 작가다. 그의 소설 『도시와 개들』은 출세작이면서 '남미 문학'의 세계화에 박차를 가한 작품으로 평가받는다. 이후 유럽과 미국 작가 작품이 중심이었던 세계 문학계에 남미 작가들의 작품이 열광적으로 받아들여졌다. 이 작품은 출간 전 비블리오테카 브레베상을 받았고 출간되자마자 스페인 비평상을 수상했다.

유럽의 고전도 마찬가지지만 자연과 정치사회적 환경이 낯선 남미 작품은 해설을 먼저 읽는 것이 좋다. 이 작품이 더욱 그런 것은 독특한 서술 방식 때문이다. 다양한 등장인물의 관점에서 서술되는 데다가 의식의 흐름 기법까지 사용됐다. 맥락을 분명히 이해하지 않고는 텍스트를 제대로 해석하기 어렵다. 그럼에도 불구하고 스토리의 긴장이 잘 유지될 뿐 아니라 쉽게 읽힌다. 그런 점에서 놀라운 작품이다.

'사실'은 재구성된다

소설은 2부, 각 8장으로 구성되어 있고 각 부에는 제사題詞(책 서두에 나오는 책과 관련된 시 등의 글)가 있다. 1부의 제사는 사르트르가 각색한 희곡 『킨Kean』(1953)에서 인용한 것으로 아이러니한 내용을 담고 있다. 당연히 소설과 깊은 관련이 있지만 마지막 문장이 전체를 아우른다. "우리는 타고난 거짓말쟁이여서 연기를 한다." 이 말은 우리가 사회적 동물이기 때문에 입장과 맥락에 따른 역할에 맞춰 행동할 수밖에 없다는 의미로 해석할 수 있다. 어떤 집단에 속하든 우리는 각자 자신의 위치에 걸맞은 연기를 하는 것이다. 그래서 겁쟁이가 영웅이 되거나 사악함을 숨기려다 성인이 되기도 하며 우연히 살인자가 되는 것이다. 2부의 제사는 폴 니장(1905~1940)의 소설 『아덴 아라비아』(1931)의 유명한 첫 문장이다. "스무 살 인생이 아름다운 시기라고 말하지 못하게 할 작정이다." 성장기 남성의 통과의례가 경우에 따라서는 얼마나 힘겨운 과정인지 보여주겠다는 의미다.

소설의 줄거리에는 군사학교 학생들 이면의 삶이 적나라하게 담겨 있다. 기숙사에서 생활하는 학생들이 엄격한 규정에 의해 통제된다고 하지만 혈기 방장한 10대 남자아이들이 고분고분 따를 리 없다. 폭력적인 억압에 맞서 규범을 파괴하고 금지 항목을 자행하며 그들 나름의 세계와 질서를 구축한다. 이야기는 '왕초 그룹'이 한밤중에 '화학 시험지'를 훔치는 장면에서 시작된다. 멤버들이 모여서 누가 훔치러 갈지 주사위를 던져 결정하는 것이다. 이들은 그 시험지 답안을 미리 준비해 다른 학생들에게 '판매'하면서 돈을 벌고 있었다.

그런데 시험을 치르는 도중에 '답'을 전달하다가 감독관에게 들키고 만다. 지휘관은 사건의 전모를 파악할 수 없자 그 반 학생 전체의 외출을 금지한다. 외출 금지를 견디지 못한 한 학생이 '시험지 도난 사건'의 범인을 꼰지른다. 훔친 학생은 퇴학당하고 그룹의 리더 격인 '재규어'는 고자질한 학생을 찾아내 처벌하겠다고 맹세한다.

그가 고자질한 학생을 정확하게 알아냈는지는 확실치 않다. 문제는 고자질한 학생(별명은 '노예'였다)이 야전 훈련 도중에 총상을 당해 중상을 입었는데 결국 사망한다는 것이다. 그런데 그

죽은 학생과 비교적 친한 사이였던 '시인'은 '노예' 뒤에 '재규어'가 있었다는 것을 알고 그가 살해했다고 확신한다.

'시인'은 공정한 지휘관으로 믿고 있던 감보아 중위에게 자신이 알고 있는 사실을 모두 털어놓는다. '재규어'가 '노예'를 살해했다는 증거는 없지만 여러 정황으로 볼 때 그가 틀림없다는 것이었다. 자초지종을 이해한 감보아 중위는 상관에게 보고하면서, 상부에서 자세히 조사해 사실이 규명되기를 바랐다. 그러나 직속상관뿐만 아니라 최고 책임자인 대령까지도 이 사건을 단순한 총기 사고로 처리하고 싶어할 뿐이었다. 학생이 저지른 살인사건으로 규정하고 조사하게 된다면 지휘관의 책임 문제에서 자유로울 수 없고 경력에 큰 흠을 남길 것이기 때문이다.

결국 규정대로 밀어붙이던 감보아 중위는 좌천되고, 고발자였던 '시인'도 약점이 잡혀 굴복할 수밖에 없었다. 그런데 감보아 중위가 떠나기 전 마지막 만남에서 자신은 살인자가 아니라고 끝까지 부인하던 '재규어'가 '내가 죽였다'고 실토한다. 그러나 감보아는 이미 늦었다며 재규어가 전해준 쪽지를 찢어버린다.

이 작품은 사건의 전부를 명확하게 밝힐 수 있는 전지적 시점을 사용하지 않는다. 다양한 관점에서 묘사되고 서술된 내용을 바탕으로 독자가 상상력을 발휘하여 사건을 재구성하게 만드는 것이다. 사실 이 세상 모든 사건이 그렇지 않은가. 그러다보니 이 작품의 '살인'과 관련된 해석 때문에 묘한 해프닝이 벌어지기도 했다. 작가의 설명이다.

"나는 멕시코에 갔다. 유명한 갈리마르 출판사의 문학 위원회 리더인 대단한 프랑스 비평가를 만나기 위해서였다. 나는 유네스코 사무실에서 그를 만났다. 그는 내 소설을 읽었다면서 등장인물 가운데 '재규어'라는 캐릭터가 매우 마음에 든다고 말했다. 이유는 그가 동료들 사이에서 자신의 권위를 되찾기 위해 자신이 저지르지 않은 범죄를 떠맡았기 때문이라는 것이다. 나는 그에게 말했다. '재규어가 살해한 게 맞습니다.' 그러자 그가 말했다. '아닙니다. 당신은 자신의 소설을 잘못 알고 있군요. 재규어에게는 그룹의 리더십을 잃는 것이 범죄자가 되는 것보다 훨씬 더 큰 비극이었을 겁니다.' 그의 해석이 나를 설득시켰다. 비록 내가 소설을 쓸 당시에는 재규어가 그를 죽였다고 생각했지만 말이다."

영웅=사기꾼=개

작품의 줄거리를 단순화해서 소개했지만 그 디테일은 작가의 조국 페루가 처한 사회적, 경제적, 정치적 상황을 깊이 파고든다.

등장인물들은 다양한 사회적 배경 출신이며 이는 1950년대 페루의 수도 리마 사회의 축소판을 반영한다. 인종적 편견과 증오(백인, 인디오, 원주민과 백인의 혼혈인 촐로, 흑인 간의 갈등), 지역적 갈등(해안·산악·정글 지역 사람들 간의 대립), 그리고 사회경제적 갈등을 드러내고 있는 것이다.

뿐만 아니라 잔혹하고 반민주적인 군국주의에 대한 작가의 반감도 강하게 드러나 있다. 거친 언어와 블랙 유머를 통해 군사 문화에 대한 비판적 메시지를 강렬하게 담아낸 것이다. 그랬으니 소설의 배경이 된 레온시오 프라도 군사학교에서는 출간된 책을 모아 불사르기도 했을 것이다. 일부 지역에서는 금서로 지정했는데, 그것은 페루의 군사 문화에 대한 정치사회적 비판뿐 아니라 동성애나 강간, 수간 장면들도 적나라하게 묘사돼 있기 때문이다.

작가가 굳이 이런 내용을 삽입한 것은 지나치게 권위적이고 억압적인 환경이 인간의 욕망과 행동을 얼마나 왜곡시킬 수 있는지 보여주려는 의도 아니었을까. 그렇게 보면 이 소설은 폭력적인 억압 구조가 만들어내는 금기 파괴 행동과 인간의 복잡성에 대한 탐구이기도 하다.

실망스러운 점은 여성에 대한 관점이다. 작품의 혁신적이고 세련된 서술 기법에 비하면 여성들은 지나칠 정도로 순진무구하게 그려졌다. 군사학교의 폭력적 현실에 대조되는 이상적 피난처로만 묘사되며, 독립적인 인격을 보여주지 못한다. 군사학교 학생들의 인기를 독차지했다는 성매매 여성 역시 진부하기 짝이 없다.

작품의 제목인 '도시와 개들'에서 도시는 군사학교가 있는 리마를 가리키고 개들은 그곳의 신입생들을 일컫는다. 작가는 작품의 제목을 처음에는 '영웅의 거처'로 하려다가 '사기꾼들'로 바꾸었다. 그러나 여전히 만족스럽지 않아 비평가이자 친구인 호세 미겔 오비에도와 의논했다. 그가 내놓은 제목 가운데 하나가 '도시와 개들'이었고, 요사는 곧바로 그 제목으로 정했다. 영어판은 이도 저도 아닌 '영웅의 시대'라는 제목으로 출간됐다. 개들보다는 영웅에 대한 이야기라고 포장하는 것이 더 그럴듯하다고 판단했던 모양이다. 작가는 반대했지만 받아들일 수밖에 없었다.

수많은 이야기로 뒤덮인 현실에 욕지기를 느낀다

장폴 사르트르, 『구토』, 1938

프랑스 작가이자 사상가인 장폴 사르트르(1905~1980)의 『구토』는 당대 최고의 독일 철학자였던 마르틴 하이데거의 철학 개념 가운데 '존재론적 불안'을 소설화한 작품이다. 그 개념은 하이데거의 주저 가운데 하나인 『존재와 시간Sein und Zeit』에서 제시한 것으로 사르트르가 독일에서 유학하던 시절에 매혹되었다. 여기에서 불안은 자신이 존재한다는 사실과 그 존재의 무의미성에 직면하면서 발생하는 근본적인 감정으로 '아무것도 아닌 것Nichts'에 대한 감각을 일깨우며 일상에서 느끼는 익숙함을 무너뜨린다.

사건이 아닌 사유 중심이라서 텍스트가 좀 난해한 편이다. 영적이고 비의秘儀적이라는 의견도 있다. 그러나 그 난해함을 풀어내는 즐거움에 중독된 독자라면 이보다 더 재미있는 소설을 찾기도 쉽지 않을 것이다. 사르트르의 첫 번째 장편소설이자 출세작이다.

소설은 일기체로 쓰였다. 1910년에 발표되었지만 1925년에 프랑스어로 번역된 릴케의 『말테의 수기』 영향도 엿보인다. 공간 배경은 사르트르가 고교Lycée 교사로 지낸 적이 있는 르아브르다. 인상파 화가를 좋아하는 사람이라면 익숙한 항구도시다. 모네가 그린 「해돋이」(1872)가 이곳 풍경이다. 그러나 소설의 시간 배경은 그로부터 65년 정도 지난 뒤다. 제1차 세계대전을 겪었고 제2차 세계대전이 발발하기 한 해 전이다. 소설 속의 도시 이름은 부빌Bouville, 번역하면 진흙도시다. 겉보기에는 깔끔한 부르주아의 도시이지만 이름은 진흙탕이다. 이면이 그렇다고 말하고 싶었던 것 같다.

바위 같은 로캉탱의 변덕스러움

이름과 의미가 엇갈리는 '부조리'는 등장인물에게서도 드러난다. 주인공이며 화자인 앙투안 로캉탱이라는 이름은 한국식으로 하면 최강 철 정도의 느낌이다. 앙투안은 프랑스뿐 아니라 유럽 전역에서 역사적으로도 가장 많이 사용된 평범하기 이를 데 없는 이름 가운데 하나다. 로캉탱이라는 성은 '돌 같은 어떤 것'이라는 의미로 작가의 창작이다. 전체 뜻으로 보면 '소중한'(앙투안) '바위 같은 인물'(로캉탱)이다. 그러나 그가 쓴 일기를 보면 그 누구에게도 '소중한 인물'이 아니고 '돌'처럼 진중하거나 무거운 인물도 아니다. 우울증에 신경증까지 보일 뿐 아니라 생각의 변화도 심하다. 그런 의미에서 성장소설 같은 면도 있다. 그러니 어떤 맥락 속에 우연히 등장하는 존재자에게서 존재를 느끼는 순간 깨달음으로 통하는 구토증을 느꼈을 것이다.

한국어판 제목인 '구토'는 실존주의자들의 용어인 '부조리'처럼 직설법으로 사용된 것이다. 그러나 내용을 보면 구토가 아니라 메스꺼움이나 욕지기에 가깝다. 프랑스어 제목인 '라 노제La Nausée'의 어원을 추적해보면 뱃멀미에서 나왔다. 인생을 항해에 비유한다면, 살아가면서 맞닥뜨리는 부조리 때문에 느낄 수밖에 없는 메스꺼움이다.

구토증이 생기는 이유는 우연히 만난 어떤 존재자로부터 존재를 느끼면서 인식의 부조리가 부각되기 때문이다. 뭔가 잘못되었다는 불안감이 순간적으로 강력한 전류가 되어 흐르면서 몸이 욕지기를 느끼는 것이다. 하이데거의 용어로는 불안이고, 현대 한국인의 표현으로 보면 현타가 온 것과 비슷하다.

주인공이 처음 존재자를 통해 존재를 느끼는 것은 돌멩이였다. 로캉탱이 바닷가에서 돌멩이를 들었다가 욕지기를 느낀 것이다. 물수제비를 뜨려고 했는지도 모른다. 그런데 돌에 손이 닿는 순간 그것은 자신이 생각했던 도구로서의 돌멩이(존재자) 이상의 무엇(존재)임을 깨달은 것이다.

여기에서 존재자는 일시적인 모습이고 존재는 진실이라고 부를 수 있는 진면목이다. 존재자가 우연한 일면이라면 존재는 전면적인 모습이라는 의미다. 그러나 우리는 아무리 노력해도 존재자로 살아갈 수밖에 없고 주변에서도 존재자만 보고 느낄 수 있다. 존재 그 자체는 될 수도 없고 파악할 수도 없다. 다만 어떤 존재가 드러내는 수많은 존재자의 모습을 통해 존재를 짐작할 수 있을 뿐이다. 이런 사실은 주종관계를 뒤흔든다.

진실에 관심 없는 현실, 존재자만 번성한다

우리는 삶을 기억하기 위해 이야기를 만들지만 세월과 함께 그것이 축적되면서 이야기가 점점 우리 삶을 규정하기 시작했다. 그 결과 인간이 언어를 사용하는 것이 아니라 언어가 인간을 사용하게 된다. '이야기'는 언제나 그럴듯한 것(존재자)일 뿐 우리 삶 그 자체(존재 또는 진실)는 아니다. 존재는 변치 않지만 존재자는 수없이 변형되어 나타난다. 그런 까닭에 어떤 사건이든 화자에 따라 다른 이야기가 된다. 앙투안 로캉탱은 그래서 부조리하고 왜곡될 수밖에 없는 대화를 두려워하며 피하려 한다.

사실 인간이 사용하는 도구는 모두 마찬가지다. 우리는 도구를 사용하기 시작하면서 도구를 잘 모시게 되지 않았는가. 생존을 위한 농삿일이나 가축을 키우는 일도 마찬가지다. 벼나 밀, 옥수수는 자신의 씨앗을 먹게 해주는 대가로 인간을 부려 지구에서 가장 번성한 식물이 되었다. 지구상에 존재하는 수많은 가축도 마찬가지다. 존재자에게만 관심을 갖게 되면 근본적인 존재의 문제를 착각할 수밖에 없다.

지구를 뒤덮은 벼나 밀처럼 오늘날 우리 삶은 수많은 이야기로 뒤덮여 있다. 로캉탱은 이처럼 진실이 사라지고 그럴듯한 이야기에 둘러싸여 그것이 지시하는 대로 살아가는 현실에 욕지기를 느낀다. 그래서 진실이 아니라 진실 같은 이야기로 가득 찬 도서관에서도 구토증을 느끼는 것이다. 이런 관계를 이해하면 이 작품에 등장하는 '비의적인 텍스트'들 대부분을 이해할 수 있을 것이다.

한편 소설의 주인공은 부르주아의 세상이 왜곡과 부조리의 온상이라고 보는 냉소적인 프티부르주아다. 그에 따르면 신고전주의 문학이나 클래식 음악, 회화마저 부르주아 편에 서서 진실을 왜곡하며 그들의 지배에 일조하는 것이다. 작가는 그들을 조롱하기 위해 부빌의 지배층 부르주아들 초상화가 잔뜩 전시되어 있는 박물관 이야기를 길게도 늘어놓는다. 그런 다음 도시에서 가장 영향력이 컸을 뿐 아니라 '위인 소사전'에도 등장하는 부빌 출신 올리비에 블레비뉴 의원의 위풍당당한 초상화에서 발견한 '이상한 점'을 지적한다. 그의 초상화 옆에는 키 큰 사람의 초상화가 걸려 있었는데 두 사람의 키는 비슷해 보인다. 그런데 블레비뉴 의원의 그림 속에는 키가 작아 보이게 할 위험이 없는 물건들만 배치되어 있었다. 뭔가 왜곡되었다는 짐작으로 자료를 찾아봤더니 블레비뉴 의원의 키는 겨우 153센티미터였다. 그에 대한 풍자가의 글에 따르면 그는 키 높이 고무 깔창을 사용했으며 부인은 그보다 두 배쯤 컸다. 참고로 블레비뉴 의원은 실존했던 인물이 아니다. 그러나 미술사를 공부해보면 실제로 이런 경우가 많다.

소설에서는 주인공이 블레비뉴 의원을 한껏 조롱하고 있지만 작가인 사르트르의 키가 딱 그 정도였다. 평생의 연인이었던 시몬 드 보부아르는 그보다 10센티미터쯤 더 컸다. 소설 속 인물과 비슷한 상황이었던 것이다. 그러나 작가는 그런 신체적인 콤플렉스를 일찍 극복했던 것 같다. 굳이 감추려고 애쓰지 않았던 것으로 알려져 있다. 자신의 지적 능력이 존재감의 원천이었기 때문이다.

육체를 탐닉하면 존재를 알 수 있을까

구토증을 유발하는 세상에서 실존적 불안과 혐오를 느끼면서 '대화'까지 단절된 채 살아가는 주인공 앙투안 로캉탱에게 위로가 되는 것은 사랑에 대한 기대와 섹스였다. 서로의 육체에 탐닉하는 시간을 존재 그 자체에 대한 탐구로 받아들일 수 있었던 듯하다. 원래 원고에는 매우 노골적이고 구체적인 성적 묘사가 많았다고 한다. 그러나 대부분 삭제되었다.

소설의 마지막 장면은 주인공을 되풀이해서 위로해주는 재즈곡으로 마무리된다. 제목은 「머지않아 Some of these days」다. 작가는 쇼팽의 곡에서 위안을 구하는 사람들을 멍청이라고 욕하면서 재즈에 대해서는 대단히 호의적이다. 소설 속에는 재즈 곡이 하나 더 등장하는데 조지 거슈윈의 「내가 사랑한 남자 The man I

사르트르와 보부아르

love」다. 주인공이 그동안 해오던 집필을 포기한 날이었다. 손바닥을 칼로 째면서 시작된 초현실적인 장면이 이어진다. 환상 속에서 거리를 헤매다가 '바 드 라 마린'에 들어간다. 거기서 그는 이 곡을 들으며 비로소 안정된다. 소설의 마지막 장면에서도 재즈 곡에 대해 과할 정도의 애정을 드러낸다. 화자는 철학적인 개념까지 동원해 구구절절 설명하지만 이유는 간단해 보인다. 재즈는 하층민의 문화였으며 연주자의 자유로운 해석과 표현이 생명이다. 그 때문이었을 것이다.

쇼팽의 최고 히트곡은 「녹턴chopin nocturne」(Op. 9 no. 2)이었다. 굳이 하나 더 꼽으라면 「즉흥환상곡Fantaisie-Impromptu」(Op. 66)일 텐데, 둘 다 유튜브에서 다양한 연주자의 연주를 들을 수 있다. 재즈 곡인 거슈인의 「머지않아」나 「내가 사랑한 남자」도. 모두 들어보고 『구토』 속의 지독한 욕지기를 가라앉힌 '바 드 라 마린'의 분위기를 상상하며 사르트르의 이유를 짐작해보면 좋겠다.

동성 연인을 향한 가장 긴 연애편지

버지니아 울프, 『올랜도』, 1928

언제나 그렇듯이 어떤 작품이든 전체 텍스트를 조건 짓는 맥락이 있다. 영국의 소설가이자 비평가인 버지니아 울프의 독특한 판타지 소설 『올랜도』 역시 예외가 아니다.

이 소설이 전기 형식을 표방하고 전기 작가가 소설에 등장해서 허구가 아닌 사실이라고 주장하지만 그럴 리 없다. 소설에서 영국의 귀족으로 태어난 남성은 100년쯤 뒤에도 30세이다가 다시 여성으로 변해서 200년 넘게 살지만 그래도 겨우 36세밖에 되지 않는다. 소설은 1600년대 초, 그러니까 엘리자베스 1세 말기에 시작해서 20세기 초인 1928년 10월 11일까지의 기록이다. 당연히 영국 역사의 현장과 당대의 유명한 문인들이 등장한다. 그들에 대한 묘사나 대화 내용에는 영국 사회의 구조와 역사에 대한 비판 및 풍자가 담겨 있다. 울프의 여느 작품들과 달리 무겁거나 우울하지 않고 경쾌하며 유머스러울 뿐 아니라 대단히 낙천적이다. 수다스러운 사람이 말하는 듯한 천연덕스러운 과장이 웃음 짓게 만들기도 한다.

예를 들면 이런 식이다. 소설 앞부분에는 영국 최고의 추위를 기록했던 1606~1607년 대빙기의 풍경을 묘사하는 장면이 나온다. "강의 얼음 두께는 36미터나 되고 새들은 공중에서 날아가다 얼어붙어 돌멩이처럼 땅에 뚝뚝 떨어졌으며, 젊은 시골 여자가 길모퉁이에서 차가운 돌풍을 맞아 얼어붙었다가 가루가 되어 한 줌의 먼지가 되어 날아갔다."

"그들이 똑같은 옷을 입었더라면 세계관도 동일할 것이다"

울프 자신도 이 작품을 장난스러운 마음으로 시작했다고 고백한 적이 있다. 어쩌면 그랬기 때문에 여성 동성애와 관련된 섹슈얼리티를 암시하며 영국 사회를 비판하는 '무거운 주제'를 다룬 이 소설이 당대에도 베스트셀러가 될 수 있었을 것이다.

인물 묘사와 사건에 대한 내용을 이해하기 위한 열쇠는 소설 시작 부분의 '색빌웨스트에게'라는 문구에서 찾아야 한다. 비타 색빌웨스트는 울프와 동성애 관계였다. 두 사람의 관계를 잘 알고 있던 색빌웨스트의 아들은 이 소설을 자신이 본 '가장 긴 연애편지'라고 규정했다. 그들의 관계와 사건들을 잘 아는 사람들에게는 소설 형식으로 쓰인 애정 표현으로 읽힌다는 의미였을 것이다.

소설의 주인공 올랜도는 1600년대 초에 태어난 남성이지만 여성으로 변했고 1928년에도 겨우 36세인 아름다운 여성이다. 그해 색빌웨스트도 36세였고 주인공 올랜도가 귀족인 것처럼 색빌웨스트도 귀족 출신이다.

소설 속의 올랜도는 처음부터 여성으로 느껴질 만큼 아름다운 남성으로 묘사된다. 그의 외모에서 전통적인 남성상은 거의 찾아볼 수 없다. 색빌웨스트의 사진과 비교해보면, 올랜도의 외모에 대한 찬탄은 색빌웨스트에 대한 것으로 읽어도 무방해 보인다. 올랜도는 특히 다리가 아름다운 남성으로 묘사되며 엘리자베스 여왕의 총애도 받았는데, 여왕은 그의 다리 중 가장 가느다란 부분에 훈장을 달아준다. 당연히 이것은 역사적인 사실과 다르다. 이런 식으로 울프가 동성애적인 암시를 담았던 것이다.

올랜도는 '남성복을 입은 여성'으로 봐도 그리 이상하지 않다.

실제로 여성으로 변한 뒤 소설 속 화자는 이렇게 말한다. "옷이 우리를 입는 것이지 우리가 옷을 입는 것이 아니다. (…) 남자 올랜도와 여자 올랜도는 의심의 여지 없이 같은 사람이다. (…) 그들이 똑같은 옷을 입었더라면 세계관도 동일할 것이다."

이런 문장에는 이중의 목적이 담겨 있다. 젠더 문제는 본성이 아니라 사회 구조에서 비롯됐음을 강조하는 것이다. 서사적으로는 동성애 스토리임을 암시한다. 영국에서 동성애는 남성에게만 범죄로 취급되었다. 여성의 동성애는 아예 '있을 수 없는 것'으로 여겼던 듯하다. 없는 것이니 범죄로 규정할 필요도 없었던 것이다. 그만큼 여성의 자율성뿐만 아니라 섹슈얼리티에 대해 무지했다. 무지했던 것이 아니라 무시했던 것인지도 모른다. 그렇다고 해서 작가가 공개적으로 동성애를 다룰 수 있는 것은 아니었다. 이 때문에 분위기를 통해 암시하는 방식으로 동성애를 표현했다. 소설의 마무리 부분에 등장하는 올랜도의 남편도 성별에 얽매이지 않는 성격이며, 올랜도는 그 점이 결혼의 성공 비결이라고 여긴다.

소설의 첫 번째 중요한 에피소드는 배신당한 첫사랑에 대한 것이다. 올랜도는 철없던 어린 시절에 러시아 공주인 사샤와 사랑에 빠진다. 그러나 사샤는 올랜도만 사랑한 것이 아니었다. 연애 경험도 많아 보인다. 첫사랑에 눈이 먼 올랜도는 그런 상황을 정확히 보지 못한다. 올랜도는 사샤와 사랑의 도피를 감행하기로 약속했지만 사샤는 약속 장소에 나타나지 않았다. 소설 뒷부분에는 사샤가 뚱뚱한 모습으로 등장한다.

나는 이 부분을 읽으면서 자주 웃지 않을 수 없었다. 울프가 색빌웨스트의 '다른 애인'에 대한 질투심과 상실감을 작품 속에 녹여 통쾌하게 복수하는 이야기로 읽혔기 때문이다. 실제로 색빌웨스트는 다른 애인과 사랑의 도피를 계획했지만 실패로 끝난 적이 있다.

울프는 여성으로 변한 올랜도가 가문의 저택을 물려받게 한다. 이는 색빌웨스트가 여성이었기에 그가 생활하며 성장한 저택을 물려받지 못하고 사촌에게 넘겨야 했던 아픔을 달래주기 위한 것이었다. 또한 여성으로 변한 뒤 저택으로 돌아온 올랜도를 맞이하는 하인들은 그를 남자 올랜도와 '같은 사람'으로 받아들인다. 이런 내용이 색빌웨스트에게는 큰 위로가 되었던지 특별히 고마움을 표현한 내용이 남아 있다. 다만 이런 스토리의 목적은 당연히 위로에서 그치지 않는다. 여성의 지위를 폄하하는 영국 사회의 구조적 모순에 대한 비판이기도 하다.

남성의 언어는 절망스럽다

이런 이면의 맥락은 문장에 담긴 이중적 의미를 읽어내는 즐거움을 주지만, 설사 모른다고 해도 이야기에 담긴 사회적 의미가 퇴색되는 것은 아니다. 오히려 사회구조에 대한 비판으로 읽는 데 도움이 된다. 그런 점에서 나는 이 소설을 읽으며 울프의 세련된 글솜씨에 비로소 공감할 수 있었다. 문학사에서 울프의 대표작은 대개 『댈러웨이 부인』(1925)과 『등대로』(1927)가 꼽힌다. 이 작품들에도 의식의 흐름과 결합된 다양한 이미지의 변화를 담은 문장들이 등장한다. 그러나 나는 이른바 대표작들을 읽으며 느꼈던 내용과 형식, 스타일의 답답함을 『올랜도』를 읽으며 한꺼번에 날릴 수 있었다.

『올랜도』에는 여성의 글쓰기를 위한 고민도 잘 드러나 있다. 남성의 언어로는 여성의 감정을 표현할 수 없다는 것이다. 올랜도는 오래전부터 만들어져 사용된 남성의 언어가 저절로 머릿속에 떠오른다며 절망한다. 이런 식이다.

"하늘은 파랗고 풀은 초록이다. 그런데 고개를 들어 하늘을 보니 하늘은 1000명 성모 마리아의 머리에서 흘러내린 베일처럼 보였다. 풀밭은 마법에 걸린 숲에서 털북숭이 사티로스의 포옹에서 달아나기 위해 아가씨들이 도주하듯이 흐릿해지고 침침해졌다.”

올랜도에게는 하늘이 파랗고 잔디가 초록이라고 말하려 할 때마다 고전 신화나 종교가 만들어 주입한 전통적인 이미지가 자신의 관점인 것처럼 떠오른다. 그는 자연을 자연스럽게 보지 못하고 여성의 성적 정체성을 규정하는 전통적인 표현에 갇혀 있다. 그 규정이나 이미지들이 설사 '거짓된 것'이라 해도 무슨 말을 하려는 것인지는 잘 전달되는 게 올랜도가 겪는 모순이자 고민이다.

『올랜도』는 연극과 영화로도 많이 제작되었다. 특히 트랜스젠더와 논바이너리 성향의 성소수자들에게 많은 영감을 주었다. 성정체성이 맥락에 따라 달라질 수 있으며 이분법으로 고정되지 않는다는 것을 강조하기 때문이다. 가장 잘 알려진 영화는 샐리 포터 감독에 틸다 스윈턴이 주연한 1992년 동명의 작품일 것이다. 이 영화의 이미지들은 소설의 텍스트를 상상력을 통해 생생하게 살려내는 데 큰 도움을 준다. 올랜도 역을 맡은 스윈턴은 이 소설이 자신의 환각적인 전기 같다고 했다. 까다로운 평론가이자 소설가였던 호르헤 루이스 보르헤스도 『올랜도』를 우리 시대의 가장 뛰어난 작품 가운데 하나로 꼽았다. '영어로 쓴 최고의 작품 목록'이나 '죽기 전에 꼭 읽어야 할 작품 목록'에 등장하는 것도 당연해 보인다.

「올랜도」, 샐리 포터 감독, 1992

켜켜이 쌓인 오래된 상징과 정체성

허먼 멜빌, 『모비 딕』, 1851

1851년에 출간된 허먼 멜빌의 장편 『모비 딕』은 셰익스피어의 『리어왕』, 에밀리 브론테의 『폭풍의 언덕』과 함께 영어로 쓰인 3대 비극 가운데 하나다. 미국 작가의 작품 중 최고로 꼽히기도 한다. 유명 작가들의 부러움과 칭찬도 대단하다. 윌리엄 포크너는 다른 작가의 작품들에서 '내 작품'이었으면 하는 유일한 것이라 했고, 경쟁심이 강했던 어니스트 헤밍웨이는 뛰어넘고 싶은 작가로 허먼 멜빌을 꼽았다.

이런 작품이 당대에는 거의 읽히지 않았다. 고래잡이가 소재라는 이유로 도서관에서 수산업 코너의 고래잡이 도서로 분류

했을 정도다. 판매량도 아주 적었다. 소설이 발표되고 40년이 지나 작가가 죽을 때까지 3751부밖에 판매되지 않았다. 제1차 세계대전이 끝난 뒤에 빛을 봤고 '찬양의 물결'이 일어나기 시작했다.

번역가의 인내와 독자의 상상력을 최대치로 요구하는 작품

첫 한국어 번역은 30년 전쯤에 이루어졌던 것 같다. 그 후 읽을 만한 판본은 2011년에야 출간된다. 작가정신의 김석희 번역본이다. 기다리던 독자가 많았던 듯 판매량이 꽤 많고 꾸준했다고 한다. 이후 역자는 '잘못된 해석과 어설픈 번역'을 수정해 2024년에 전면 개역판을 내놓았다.

그런데 2019년 문학동네의 황유원 번역본을 받아들고는 한 번 더 빠져들지 않을 수 없었다. 번역 문장의 리듬감이 감탄스러웠다. 나는 편집자 시절 주로 윤문을 맡았다. 좋은 문장을 보면 환장한다. 뛰어난 번역자가 공들여 옮긴 원고가 꼼꼼한 편집자의 손을 거쳐 탄생한 게 분명해 보였다. 문장들이 살아나 펄펄 날아다니고 있었다.

이런 상황을 보면 소설의 내용이 오늘날에도 유효한 정도가 아니라 어쩌면 170년 전에 출간된 미래의 책이었는지도 모른다.

번역자들은 이 책의 번역이 대단히 어려웠다고 한다. 황유원은 '다시 하라고 하면 차라리 몇 년간 원양어선을 타고 말겠다'고 했을 정도다. 19세기에 쓰인 영어라는 이유도 컸겠지만 한국에는 존재하지 않았던 규모의 고래잡이와 관련된 내용이라 적절한 번역어를 찾기도 쉽지 않았을 것이다. 게다가 텍스트가 묘사하는 장면을 상상하기 어렵다는 문제도 있다. 역자들은 텍스트와 관련된 이미지를 찾기 위해 고심하지 않을 수 없었을 것이다.

그 점은 독자도 마찬가지다. 상상할 수 있어야 텍스트의 의미가 분명해진다. 그런데 우리는 경험이 없기 때문에 글의 표면적인 의미를 이해하기도 쉽지 않다. 누가 고래잡이배를 타본 적이 있겠는가. 다행히 그 문제는 영화와 그래픽 노블로 어느 정도 해결할 수 있다. 2015년에 제작된 영화 「하트 오브 더 시In the Heart of the Sea」가 그 열쇠다. 이 작품은 당시 고래잡이 경험자의 노트와 1820년에 출간된 항해사의 책을 참조해 2000년에 쓰인 논픽션을 영화화한 것이다. 그러나 영화 속에서 허먼 멜빌이 경험담을 듣기 위해 돈을 지불했다는 설정은 사실이 아니다. 어떤 의미에서 멜빌의 천재성은 '가본 적 없는 곳과 해본 적 없는 경험'이라는 참고 자료를 바탕으로 직접 경험한 것처럼 대단히 정확하고 사실적인 드라마로 재구성했다는 점에 있을 것이다. 19세기 중반의 작품이지만 고래에 대한 해부학적 지식이나 생태에 대한 내용도 매우 정확해 보인다.

여기까지는 텍스트의 표면적인 이해를 위한 내용이다. 이 작품의 깊은 이면을 들여다보고 싶다면 사람들과 사물의 이름에 담긴 의미를 캐보아야 한다.

'손으로 쥐어짜기'의 외설적 의미

'모비 딕'이라는 제목부터 그렇다. 허먼 멜빌은 당시에 구할 수 있는 고래와 관련된 학술 서적이나 논문만이 아니라 온갖 경험담까지 수집해서 읽었다. 그중에는 예레미야 N. 레이놀즈가 쓴 『모카 딕, 태평양의 흰고래 이야기Mocha Dick: Or The White Whale of the Pacific』(1838)가 있었을 것이고, 그 책에서 모티프를 얻었을 것이다. 모카 딕은 30년 동안 고래잡이배를 공포에 몰아넣곤 했던 칠레 남부 모카섬 근처에 살던 거대한 흰고래다.

고래 이름에 남성의 성기를 상징하는 딕dick이 붙은 것은 고래잡이들이 주로 잡은 향유고래의 이름이 원래는 정액고래였기 때문일 것이다. 이 고래의 머리에는 정액처럼 미끈미끈한 향유가 담겨 있다. 이 기름을 한국어로는 경뇌유(고래 머리 기름)라고 하지만 영어로는 '고래정액spermaceti'이다. 이런 내막을 알지 못하면 94장의 '손으로 쥐어짜기' 문장을 읽으며 외설적인 의미를 알아차리기 어렵다.

이 소설의 유명한 첫 문장도 등장인물의 이름 때문에 의미심장하다. 유일한 생존자인 소설의 서술자는 자신의 진짜 이름을 밝히지 않고 이렇게 말한다. "내 이름은 이스마엘이라고 하자." 구약성경을 잘 아는 사람이라면 궁금증이 생기지 않을 수 없을 것이다.

구약성경에 등장하는 이스마엘은 아브라함의 첫째 아들이지만 하녀 하갈에게서 태어났다. 이스마엘은 아브라함의 아내인 사라가 아이를 낳자 집에서 쫓겨나 황무지를 방황할 수밖에 없었다. 죽을 고비를 맞지만 하나님의 구원으로 살아남는다. 여기까지만 보면 소설 『모비 딕』의 서술자 캐릭터로 매우 적당해 보인다. 이 소설에 등장하는 고래잡이배인 피쿼드호에 승선했던 다른 선원들은 모두 흰고래의 공격을 받아 죽기 때문이다. 이스마엘은 살아남아서 아랍인들의 조상이 되었다.

고래잡이배 이름인 '피쿼드'는 17세기 신대륙 개척자 유럽인들이 전쟁을 통해 멸종시킨 인디언 부족의 이름이다. 그렇다는 것을 안다면 이 소설의 결말이 비극적임을 쉽게 짐작할 수 있다. 재미있는 사실은 이 부족의 후손이 살아남아 오늘날에는 미국

「모비 딕」, 존 휴스턴 감독, 1956

코네티컷주 카지노의 소유주가 된 것이다. 피쿼드호는 사라졌지만 생존자 덕분에 이 소설이 쓰인 것처럼.

소설을 읽어보지 않은 사람이라도 피쿼드호의 선장인 에이해브Ahab의 이름은 들어본 적이 있을 것이다. 이 역시 구약성경에 등장하는 아합Ahab왕이다. 「열왕기」의 주요 인물인 아합은 우상숭배에 집착했고 파괴적이며 폭력적이었고, 마침내 비극적인 결말을 맞는다. 소설 속의 에이해브 역시 모비 딕에 대한 복수에 집착하다가 부하 선원들과 함께 비극적인 결말을 맞는다. 이런 비유를 알고 보면 "그에게서 알 수 없는 제왕적 위엄을 띤 강한 비애를 느낄 수 있었다"와 같은 묘사가 등장하는 이유를 이해할 수 있다. 제2차 세계대전이 발발했을 때는 에이해브가 히틀러로 읽혔고, 2010년쯤에는 이윤에 눈이 멀어 깊은 해저를 굴착하는 정유회사로, 2011년에는 권력욕에 사로잡힌 중동의 독재자로 읽히기도 했다.

백인을 향한 복수의 서사일까

이 밖에도 다양한 인종이 나름대로 중요한 역할을 하는 선원으로 등장한다. 이 소설이 현대적인 감각을 배신하지 않는 가장 큰 이유는 여러 인종이 뒤섞여 하나의 목적을 위해 서로 도우며 함께하는 분위기 때문인지도 모른다. 백인이 다른 인종을 차별하지 않고, 흑인과 인디언, 심지어 식인종 출신이라 해도 열등감을 드러내는 언행은 찾아볼 수가 없다.

줄거리는 간단하다. 고래잡이에 나선 한 고래잡이배가 거대한 흰 향유고래를 만나 파괴되는 이야기다. 이렇게 단순한 이야기만으로 어떻게 800쪽이 넘는 장편소설이 되겠는가. 흥미진진한 스토리에만 관심을 가진다면 터무니없어 보이는 곁가지들에 질식할지도 모른다. 그러나 거기에는 수많은 상징과 알레고리가 담겨 있다. 그래서 다양하게 해석될 수 있는 이야기가 되었을 것이다.

문명과 자연의 대결로 읽을 수도 있고, 그 과정에서 갈등의 허무를 치유하는 이야기가 될 수도 있다. 백인이 멸종시킨 인디언 부족의 이름을 딴 배가 흰고래를 쫓는다면 백인에 대한 복수를 이야기하는 것일 수도 있다. 그러나 결국 실패한다. 그렇다면 미국을 차지한 백인들이 저지른 인디언 학살의 역사를 잊지 말자는 것인지도 모른다. 고래 사냥은 고래를 멸종으로 몰고 가고, 그 멸종은 결국 '고래 산업'이 사라지게 만들 것이다. 그렇다면 자본주의가 자본주의의 터전을 파괴하리라는 예언이 될 수도 있다. 그 끝에는 인간의 멸종이 기다리고 있을 것이다. 그렇게 보면 인간의 종말을 예고하는 이야기가 된다.

찬찬히 읽어보면 구약성서의 「창세기」와 인도의 성전 『베다』에 나오는 창조자이자 파괴자인 시바신을 떠올리게 된다. 소설은 수많은 암시와 세상 사물에 대한 통찰력으로 의미가 켜켜이 쌓인 오래된 상징을 불러내고 정치성을 드러낸다.

완독하는 데 10년,
매릴린 먼로가 탐독한 금서

제임스 조이스, 『율리시스』, 1922

1950년대 최고의 섹스 심벌이었던 영화배우 매릴린 먼로가 제임스 조이스의 『율리시스』를 읽는 모습이 담긴 사진이 있다. 무척 진지한 표정이라 단지 사진을 위한 연출 같지는 않다. "설마 『율리시스』를?" 이런 궁금증을 가진 사람이 많았고, 먼로가 제임스 조이스의 책을 정말 읽었는지 조사해본 학자도 있었다. 먼로는 이 두꺼운 책을 가지고 다니며 아무 데나 펼쳐서 보기도 하고 가끔은 소리 내어 읽기도 했다. 이는 『율리시스』 애독자들이 좋아하는 독서 방법이다.

이 사례는 한 여배우에 대한 잘못된 고정관념이라고 보기 어

1955년 뉴욕 롱아일랜드에서 『율리시스』를 읽고 있는 매릴린 먼로

렵다. 소설 『율리시스』는 지적 수준이 아무리 높다 해도 읽어내기 어려운 작품으로 유명하다. 영문학을 전공한 대학원생이나 박사 학위 소지자라 해도 이 작품을 완독하는 것은 거의 10년이 걸리는 프로젝트였다. 한국에도 그런 예가 있다. 2002년부터 한국제임스조이스학회에 소속된 전국의 교수와 학생, 아마추어 애호가들이 모여서 이 작품을 함께 읽었다. 그것은 111회째인 2012년에 끝났다.

나는 그즈음 이 작품을 읽기 시작했다. 한국어와 영어로 출판된 연구서 및 해설서로 시작했다. 그런 다음 영어판과 한국어판을 함께 읽었다. 속도는 더디기 짝이 없었다. 내가 가진 소양이 부족한 게 가장 큰 문제이겠지만 당시 번역본의 가독성도 심하게 떨어졌다. 역자가 후기에서 밝혔듯이 '선적線的인 직역'을 한 것이라 우리말이라고는 하지만 의미를 파악하기 어려웠다. 게다가 페이지마다 10개 정도의 각주가 달려 있고, 행수는 많은 데다 줄 간격은 좁아 답답하기 이를 데 없는 페이지가 끝도 없이 이어지는 벽돌책이었다. 내가 1차로 완독한 것은 2023년 10월 말쯤이었다. 그나마 오랫동안 손에서 놓지 않고 완독할 수 있었던 것은 작품에 대한 깊은 애정 때문이었다. 그럼에도 불구하고 이 작품을 소개할 엄두는 내지 못했다. 대중 독자가 읽을 만한 번역본이 없다는 판단 때문이었다.

2023년 문학동네에서 이종일 교수의 새로운 번역본이 출간되었다. 그동안의 번역본이 읽기 어려운 상태였음을 잘 알고 있었던 모양이다. 가독성을 높여 독자들이 완독할 수 있는 번역본을 내놓으려고 노력했다고 한다. 실제로 앞선 번역본에 비하면 비교도 할 수 없을 만큼 잘 읽힌다. 가장 큰 차이는 직역과 의역일 것이다. 한국어답게 번역하려면 어느 정도의 의역은 불가피하다. 그래서 번역은 반역이 될 수밖에 없다. 새 번역본과 이전 번역본은 해석이 다른 부분이 많은데, 거위와 닭, 허파와 염통, 오른쪽과 남쪽 정도의 차이다. 주로 판본의 차이로 여겨진다.

영어판으로 읽고 싶다면 영국의 보들리 헤드 출판사의 판본을 권한다. 이것이 문학동네 번역본의 저본이 되었다. 앞선 번역본은 한때 최고의 판본으로 평가받던 1986년 게이블러 에디션을 바탕으로 했는데, 이는 조이스의 원고를 바탕으로 오류를 수정하고 복원하려는 시도로 주목받았다. 그러나 게이블러의 편집 방식이 지나치게 주관적이라는 비판과 일부 교정이 오히려 원저작자의 의도를 왜곡했다는 지적이 제기되면서 논란이 일었다. 그 결과 1990년대 이후로는 게이블러 판본의 권위가 약해졌고, 상대적으로 더 안정적이며 조이스의 최종 결정을 존중한 보들리 헤드 판본이 학계와 독자들 사이에서 널리 읽히고 있다.

서양의 고전문학 작품을 읽을 때는 해설서를 먼저 읽길 권한다. 그건 우리가 일상적인 대화를 떠올려봐도 쉽게 이해할 수 있는 일이다. 약속 장소에 늦게 도착했다고 해보자. 사람들이 먼저 시작한 대화 내용을 이해하려면 '어떤 맥락의, 무엇에 관한 것인지'를 알아야 한다. 서양의 문학작품도 마찬가지다. 특히 『율리시스』에는 극단적인 '의식의 흐름 기법'이 사용되는데, 그 의식이 어떤 맥락에서 만들어진 것인지 모르면 아예 이해할 수 없을 것이다.

모든 작법이 시도된 '하루 일상'
문학사의 패러디이자 문체 실험의 극치

『율리시스』의 배경은 20세기 초 아일랜드의 수도 더블린이다. 주인공은 레오폴드 블룸으로, 유대인이자 광고 영업자다. 이야기는 1904년 6월 16일 하루에 일어난 매우 일상적인 내용을 담고 있다. 어디를 펼쳐 읽어도 그리 큰 문제가 되지 않는 것은 인과관계가 뚜렷한 특별한 사건이 있지 않기 때문이다. 소설은 3부 18장으로 구성되어 있는데, 각 부의 중심에는 주요 등장인물이 있다. 1부는 아들 격인 스티븐 디덜러스이고, 2부는 주인공인 레오폴드 블룸, 3부는 몰리 블룸이다. 레오폴드와 몰리는 부부이지만 아들인 루디가 태어난 지 열흘 만에 죽자 섹스리스 부부가 된다. 두 사람은 혼외정사를 한다. 그런 생활이 10년째 이어지고 있다. 레오폴드의 의식에는 몰리의 혼외정사와 그 상대에 대한 생각이 깊이 박혀 있다. 그렇다고 이 부부가 서로를 사랑하지 않는 것 같지도 않다. 복잡한 의식의 흐름을 따라가보면 결국 서로의 사랑이 회복될 것처럼 보인다. 내가 '처럼'이라고 말하는 이유는 모더니즘 소설들이 대개 결말을 열어두기 때문이다.

제목이 '율리시스'인 까닭은 호메로스의 『오디세이아』가 귀향하면서 겪은 모험담인 것처럼 주인공인 레오폴드가 하루 동안 더블린을 돌아다니며 겪은 모험담이기 때문이다. 율리시스는 오디세이의 라틴어 이름이다. 작품 구조도 어느 정도는 『오디세이아』를 닮았다. 그렇다고 에피소드의 내용과 순서, 의미가 같은 것은 아니다. 닮은 데가 없지 않지만 아주 다른 이야기다. 작가의 말처럼 오래된 신화를 현대에 맞게 바꾼 것이다. 모든 장에는 호메로스의 『오디세이아』와 비슷한 제목이 붙어 있다. 장의 제목은 작가가 붙인 것이 아니다. 다만 작가가 이런 식으로 생각하며 작품을 썼다는 것을 한 편지에서 설명한 적이 있을 뿐이다. 아주 초기 판본은 3부로 되어 있을 뿐 장 구분도 없다. 이처럼 읽기 어려운 작품을 독자들이 잘 읽어내려면 편집자의 역할도 매우 중요하다.

3부의 내용은 1, 2부에 비해 무척 다양하고 길다. 블룸은 더블린 시내에서 수많은 사람을 만난다. 놀라운 것은 에피소드의 내용에 따라 형식과 문체를 크게 바꾸고 있다는 점이다. 신문사가 배경인 7장은 마치 신문 기사처럼 쓰인 짤막한 글로 구성했고, 10장은 더블린 곳곳의 수많은 등장인물이 처한 상황을 잘게 나누어 썼다. 장 제목인 '떠도는 바위들'과 잘 어울린다. 14장을 보면 영국 문학사에서 각 시기의 대표적인 작가들의 문체를 모방하여 쓰인 부분이 상당량 포함되어 있다. 그런 점에서 문학사의 패러디이자 문체 실험의 극치로 평가된다. 초반부에서는 고대 영어의 운문체를 흉내낸다. 『베오울프』 스타일이다. 장중한 어조와 의례적 반복으로 고대 서사시의 느낌을 재현한다. 그다음에는 중세 영어의 운문과 운율을 활용해 『캔터베리 이야기』의 문장을 흉내낸다. 유머러스하고 풍자적인 중세 스타일이다. 이어서 킹 제임스 성경 스타일, 18세기의 조너선 스위프트 스타일, 19세기 빅토리아 시대의 찰스 디킨스와 토머스 하디 스타일, 그리고 현대의 구어 스타일에 이른다. 이런 점을 한국어판에서 충분히 느끼기는 어렵지만, 이 점을 알고 읽으면 왜 그런 식으로 쓰였는지 조금은 짐작할 수 있다. 한국어판으로 300쪽이나 되는 15장은 그 자체로 하나의 훌륭한 희곡이다. 이런 식으로 거의 모든 소설 작법이 시도되고 있다.

4391 단어로 쓰인 의식의 흐름
소리 내어 읽어야 포착되는 의미

이 작품의 특징 가운데 하나는 잡지에 연재하다가 중단될 수밖에 없었고 출간된 뒤에는 곧바로 영국과 미국에서 금서가 될 정도로 저속한 언어로 표현된 음란한 장면이 많다는 것이다. 그런 표현들은 마지막 장에 등장하는 몰리의 의식의 흐름에도 많이 나온다. 몰리의 생각은 4391단어로 쓰인 길고 긴 문장으로 마무리된다. 그 과정에서 수많은 '예스'가 등장하는데 해피엔딩을 암시하는 듯하다.

음란성과 관련된 다의적인 단어 사용은 주인공의 이름에서 시작된다. 블룸이란 활짝 핀 꽃이고, 꽃은 식물의 성기다. 작품 속에 다의적으로 사용되는 단어를 마치 보물찾기라도 하라는 듯 곳곳에 숨겨두었다. 텍스트를 곱씹으며 읽다보면 어느 순간 거기에 담긴 겹겹의 의미를 깨닫게 된다. 가끔은 소리 내어 읽어야 그 문장의 의미가 어떤 단어와 연결된 것임을 알 수 있다. 그런 것 가운데 중요한 단어 하나가 '스로어웨이throwaway'다. 이 단어는 주로 쓰레기라는 의미로 쓰인다. 그러다가 우연한 기회에 경마장에 들른 블룸이 (신문을) 버리려던 것throw it away이라고 말하면서 '쓰레기'의 반전을 예고한다. 그 말을 들은 사람은 블룸이 우승할 말의 이름을 알려주는 것으로 받아들이고, 스로어웨이라는 이름의 말에 돈을 걸어서 큰돈을 번다.

이런 장면은 하루 종일 지질한 모습을 보이는 블룸의 승리를 암시하는 것이다. 그 누구도 관심 갖지 않았던 말이 승리하는 다크호스였던 것처럼. 한편으로는 자잘한 일상을 다룬 이 작품을 읽게 된 우연한 기회에 독자의 삶이 반전되기 시작한다고 말하고 싶은 건지도 모른다. 온갖 종류의 변태적인 성행위뿐만 아니라 대단히 짓궂은 방식의 언어유희도 많다. 예를 들면 신god을 암시하면서 개dog를 등장시키는 것이다. 발표된 당시 문화계의 놀라움이 얼마나 대단했을지 짐작할 수 있을 것이다.

권력의 틈들에서 들리는 으르렁거리는 소리

미셸 푸코, 『감시와 처벌』, 1975

프랑스어판 제목은 『감시와 처벌』이지만 영어판 제목은 『규율과 처벌』(1977년)이다. 감시와 규율 사이에서 권력을 만들어내는 것이 파놉티콘의 역할이다. 오늘날 우리 사회의 질서는 그렇게 생성된 규율의 권력에 의해 유지된다.

저자인 미셸 푸코는 국가 권력의 기원을 설명하는 '사회계약론'에 동의하지 않았다. 권력은 재화처럼 소유할 수 있는 것이 아니기 때문이다. 당연히 교환이나 양도도 불가능하다. 그의 연구에 따르면, 권력은 어떤 관계에나 내재해 있는 잠재적인 속성이다. 모든 관계는 균등하지 않고 유동적인 사람들 사이에서 맺어지는 것이며, 그 관계는 규칙이 만들어지고 지켜지면서 유지된다. 그것이 가능하도록 규율하는 힘이 권력이다. 그 권력은 파놉티콘에서 나온다.

이것은 영국의 공리주의자 제러미 벤담이 내놓은 감옥 구조에 대한 '건축학적 아이디어'였다. 그곳에서 간수는 죄수의 모든 것을 볼 수 있지만 죄수는 간수를 볼 수 없다. 여기서 아무리 사소한 규칙 위반이라도 엄하게 처벌된다. 처벌받지 않을 수 있다는 기대야말로 질서를 해치는 가장 큰 적이기 때문이다. 죄수에게 그런 시간이 누적되면 감시당한다는 느낌만으로 감시할 수 있다. 죄수가 규칙을 내면화하여 스스로를 규율하는 것이다.

리추얼은 권력 기반을 만든다

이렇게 작동하는 권력은 매우 경제적일 뿐 아니라 지속적이고 자동화된 메커니즘에 의한 효과까지 만들어낸다. 이는 유례를 찾아볼 수 없을 만큼 엄청난 권력을 확보할 수 있는 방법이기 때문에 어디에서나 적용하는 새로운 통제 수단이 되었다. 이에 더해 규율에 대한 저항을 최소화하고 규칙을 내면화하도록 동기를 부여하는 기술도 개발되었다. '개별화'하여 분리해서 관리하고,

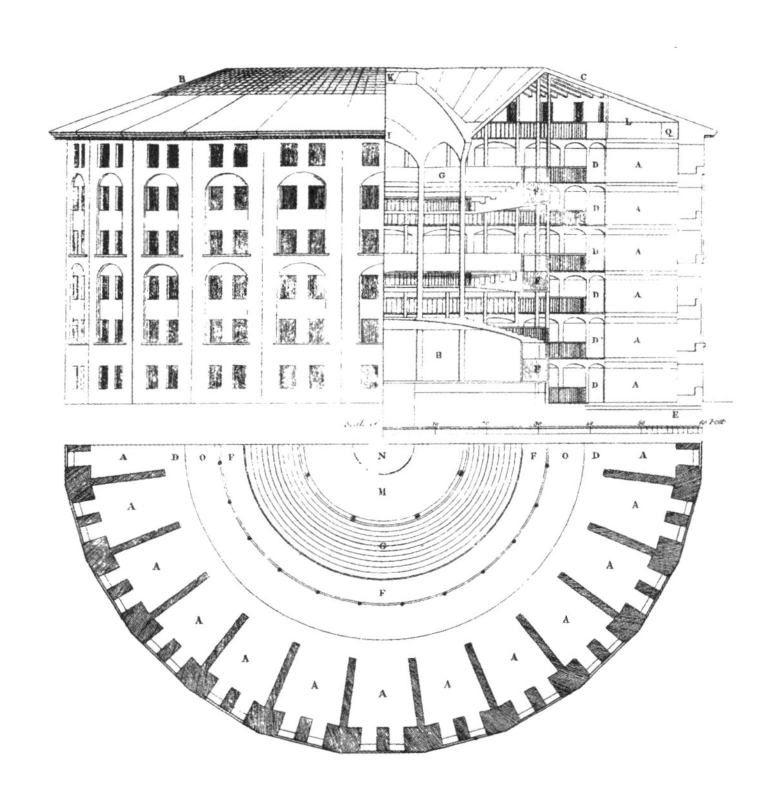

제러미 벤담의 파놉티콘 청사진, 1791

'기록'하여 자료를 축적함으로써 미래 행동을 예측하며, '상벌'을 통해 위계질서화하는 것이다.

시험이 그런 역할을 강화하는 대표적인 통제 기술이다. 시험은 규격화된 자격을 부여하고, 처벌 기준을 만드는 감시 방법이며, 개개인을 분류하고 통제하게 해주는 자료 축적 과정이다. 뿐만 아니라 관련 기록을 통해 개인을 하나의 사례로 만들고 그 사례는 권력의 포획물이 되어 지식의 대상이 된다. 그러므로 규율 장치에는 시험이 고도로 관례화되어 있다. 진실을 확립하는 힘을 통해 경험의 형식까지 규정하는 권력의 리추얼인 것이다. 리추얼은 끊임없이 되풀이되면서 권력 기반을 확고하게 다진다.

파놉티콘을 통해 만들어지는 이러한 규율의 권력은 우리 일상에 깊이 스며 있을 뿐 아니라 그 구조 전체가 우리 삶을 규정하는 비유로 사용되기도 한다.

푸코는 이런 기술과 전략이 부르주아가 지배층으로 등장하면서 발휘되었다고 한다. 『감시와 처벌』은 루이 15세를 암살하려 했다는 이유로 사지가 찢기는 공개 처형 장면에 대한 자세한 묘사로 시작된다. 이어서 75년쯤 지난 뒤의 감옥형을 상상케 하는 규칙을 제시한다. 한 세기도 지나기 전에 끔찍한 신체형은 사라지고 비교적 온순한 처벌이 등장한 것이다. 이는 인도주의적 사고방식 때문이 아니라, 이전의 처형 방식이 전혀 경제적이지 않았기 때문이다. 정치적인 부담도 컸다. 처형장에 모인 민중은 대개 죄수들과 같은 계급에 속한 사람들이었다. 판결에 불만을 품고 죄수에게 공감하는 사람도 많았는데 이때는 사형 집행인에게 야유가 쏟아졌다. 더한 경우 심각한 폭동으로 이어지기도 했다. 처벌이 질서를 유지하는 데 도움이 되기는커녕 죄수를 영웅으로 만들었던 것이다.

반면 감옥형은 달랐다. 그것은 형벌이 신체가 아니라 정신에 가해져야 한다는 생각에서 비롯되었다. 목표가 바뀐 것이다. 자유를 박탈한 뒤 규율이 작동하도록 인간을 교정해 정상적인 사회인으로 복귀시키려 했던 것이다. 그러기 위해서 수감자의 사고방식을 바꿔야 했다. 여기서 새로운 지식과 권력의 관계가 시작되었다. 감옥은 학교나 병원, 군사 기관(비밀 임무를 맡거나 정보원 역할을 하는 범죄자를 제공했다), 공장과 같은, 현대사회의 모든 것이 포함된 특성을 두루 갖춘 기관이 되기 시작한 것이다. 거기에서 의학, 심리학, 범죄학이 과학적으로 검증되며 연구되었다.

그러나 이러한 '철저한 관리' 계획이 실제로는 한 인간의 자유를 박탈하고 감옥에 가두어 감시하는 것 그 이상도 이하도 아니었기 때문에 교정 효과는 적었을 뿐 아니라 오히려 범죄자를 확대 재생산했다. 범죄 발생률이 늘어나기만 했던 것이다. 이렇게 보면 감옥은 교정된 범죄자를 석방해온 것이 아니라 범죄자를 주민들 속에 분산시키고 있었던 셈이다.

억압에 대한 운명적 회귀이자 항거

그렇게밖에 안 되는 이유 가운데 하나가 감옥의 간수들이 권력을 남용했기 때문일 것이다. 당시 간수들은 어떤 자들이었던가? 제대한 군인들, 직업상 악인들을 감시하는 자신들의 직분에 대해 아무런 이해도 갖고 있지 않은 자들이었다. 그런 상황에서는 어떤 교육적 효과도 기대할 수 없었다. 게다가 석방된 범죄자들에게 가해지는 열악한 사회적 조건들은 그들을 재범자가 되게 내몰았다. 주거가 불안정하고 일거리도 구하지 못해 굶주리니 다시 도둑질을 할 수밖에 없었다. 수감자 가족은 빈곤에 처해 그들도 범죄자가 되었다. 한 가지 더 중요한 이유는, 감옥이 범죄자들을 모아둔 곳이기 때문이었을 것이다. 그들은 위계질서를 이루고 연대하여 미래의 공범관계를 준비하는 범죄자 집단을 조직할 수 있었다.

결국 감옥의 역사는 재범자를 줄이는 교정 효과가 없음을 증명했다. 그러면서도 이중의 경제적 오류를 범했다. 감옥 운영 비용을 지불하면서 범죄 발생률까지 높였던 것이다.

그렇다면 감옥의 역할은 무엇인가? 범죄자와 범죄 성향을 관리하고 격리함으로써 위법행위에 대한 방어책을 마련하는 기관으로 봐야 하는 것 아닐까? 감옥을 운영하면서 축적된 자료를 바탕으로 범죄 단속을 비교적 쉬운 일로 만들 수 있었다. 경찰은 감옥에 범죄자를 공급하고 감옥은 그들에 대한 자료를 축적해 단속 대상과 방법을 분명히 하며 그들 가운데 경찰을 보조할 수 있는 밀고자까지 만들었던 것이다.

범죄자들을 관리하고 격리하는 언론의 역할도 컸다. 그들에 대한 일반인의 인식을 완벽하게 조성하려는 장기 계획이 실행되었다. 우리 주변에 있는 범죄자들을 별종으로 묘사하여 두려운 존재로 부각시킨 것이다. 그것이 언론 사회면 기사의 기능이었다. 반면 부유층의 범죄에 대해서는 법원도 관용을 베풀었고 언론도 비밀을 엄수했다.

이런 상황이 되풀이되자 민중 신문이 '반사회면 기사'를 통해 반박하기 시작했다. 그들은 부르주아들의 범죄 사실을 부각시키고, 그들이야말로 육체적 타락과 정신적 부패에 빠져 있음을 보여주었다. 빵 하나를 훔쳐 범죄자가 된 하층민들은 굶주림과 빈곤이 원인이었음을 강조했다. 당연히 그 책임의 일부는 사용자와 사회 전체에 돌려야 한다고 주장했다. 말하자면 범죄자가 따로 있는 것이 아니라 어떤 계급에 속하느냐에 따라 권력의 비호를 받거나 감옥형에 처해지는 역학관계가 있을 뿐이며, 설사 심각한 범죄라 해도 그것은 권력의 억압에 대한 운명적 회귀이자 항거이며, 사소한 위법행위는 사회 내부에서 벌어진 전투 중에 터져나오는 분노의 목소리라는 것이다. 푸코도 그쪽에 섰던 것 같다. 그는 이 책을 쓰기 전에 '감옥 정보 그룹' 운동을 주도하며 중앙 권력에 저항하는 투쟁을 벌였다. 파놉티콘의 규율 권력에 고분고분하지 않은 실천적 지식인이었던 것이다. 책은 이렇게 끝맺는다. '……중심적이고 중앙 권력 지향적인 사람들 틈에서 으르렁거리며 싸우는 소리를 들어야 한다.'

이 마무리 문장은 책의 도입부에 등장하는 공개 처형 장면의 사형수가 한 말을 떠오르게 한다. 그는 대담하게도 잘리고 찢겨 나가는 자기 몸을 자주 조용히 바라보았다. 할 말이 없느냐고 묻는 집행인에게는 단호하게 '없다'면서 '당신들은 맡은 일이나 하시오. 나는 당신들을 원망하지 않소'라고 말했다. 푸코는 감시와 처벌을 통한 파놉티콘의 규율이 아무리 교묘하고 정교하게 민중을 통제한다 해도 결코 그에 저항하는 힘을 없애지는 못하리라고 말하는 것이다.

통치자 없는 통치 구조의 악에 대한 경고

한나 아렌트, 『예루살렘의 아이히만』, 1963

'악의 평범성에 대한 보고서'라는 부제가 달린 『예루살렘의 아이히만』은 저자 한나 아렌트를 모든 유대인의 적으로 만든다. 저자 역시 유대인일 뿐 아니라 반나치주의자였고 시온주의 운동에도 참여한 적이 있다. 그는 나치 정권 수립 이후 독일을 탈출해야 했고, 프랑스를 거치면서 수용소에 수감되기도 했다. 다행히 여기서 벗어나 미국에 자리 잡았고, 유럽유대인문화재건위원회와 주로 유대인 저작물을 다루는 쇼켄북스의 편집자로 일했다. 당연히 그의 친지 대부분은 유대인이었을 것이다.

만일 내 삶의 배경이 이랬다면 과연 그와 같은 글을 쓸 수 있었을까? 그 끔찍했던 나치의 조직적인 유대인 학살에 대한 책임의 상당 부분은 동족을 대표했던 유대인 단체와 지도자들에게 있다. 그들이 나치와 협조하고 타협했기 때문에 600만이나 되는 엄청난 수의 사람이 희생되었던 것이다. 그들이 없었다면 아마 절반가량은 목숨을 구할 수 있었으리라 짐작된다. 그런 상황에서도 유대인위원회 멤버들은 특권을 누렸다. 물론 근거를 제시했지만, 이 얼마나 엄청난 발언인가?

이런 내용을 제2차 세계대전이 끝난 뒤 유대인 국가가 수립되고, 그곳에서 열린 나치 전범의 재판 참관기에 담은 것이다. 관점에 따라서는 아이히만에게 면죄부를 주는 것으로 '잘못 해석될 수도 있는 진실'이었다. 주변 사람들의 협박, 회유, 반목을 무릅쓰고 자기가 보고 듣고 연구한 그대로의 진실을 타협 없이 써내려면 대체 얼마나 큰 용기가 필요할까? 이 책을 읽으면서 전율했던 가장 큰 이유는 그 때문이었다. 결과적으로 1999년까지는 아렌트의 책 어떤 것도 히브리어로 번역되지 않았다. 물론 역사적 사건에 대한 광범위한 자료 섭렵과 이전에는 어느 누구도 해내지 못한, 유대인 학살에 대한 창의적인 해석은 감탄스러운 것이었다.

상투어가 현실을 타락시킨다

아렌트는 『전체주의의 기원』(1951)을 쓴 저자이기도 하다. 이 책은 스탈린주의, 나치즘의 뿌리를 캐는 작업으로 '반유대주의' '제국주의' '전체주의'를 차례로 다루고 있다. 이런 연구를 했던 그는 '전체주의 정권인 나치에서 고위직으로 일했던 생존 인물'이 아르헨티나에서 납치되어 이스라엘에서 전범 재판을 받게 된다는 소식을 접한다. 그게 1960년 5월이었다. 당장 예정된 대학 강의를 취소하며, 지식인 독자가 많고 영향력이 컸던 잡지인 『뉴요커』에 특파원 자격으로 재판 참관기를 쓰게 해달라고 요청했다.

재판을 참관하면서 뜻밖의 모습들을 보게 된다. 무엇보다 재판 자체가 '정의의 심판'에 초점이 맞춰진 게 아니었다. 검사와 변호인의 역할부터 심각한 불균형 상태였다. 적은 액수의 비용밖에 받을 수 없는 아이히만의 변호인은 조수도 충분히 고용하지 못해 방대한 양의 증거를 제시하는 검찰 조직을 제대로 상대할 수 없었다. 책에는 '변호인 측에서 설득력 있는 증거를 제시할 수 있는 내용이지만 하지 못했다'는 말이 꽤 여러 번 나온다. 변호인은 적은 비용을 보충하기 위해 아이히만이 옥중에서 집필할 책의 판권을 소유하려 했다. 그러나 대부분 공식 변호인

1961년 예루살렘에서 열린 아이히만 재판

혼자 등장했고 아이히만은 그의 주 보조원이 되었다. 그랬으니 책을 쓰기는커녕 재판 기간 내내 아주 열심히 일해야 했다.

게다가 검찰 측 요구로 등장한 수많은 증인의 증언은 '아이히만 재판' 내용과 상관없는 나치 시절의 수난에 대한 한풀이로 점철되었다. 재판 담당자들은 그 재판을 취재하는 언론을 통해 전 세계인들에게 나치의 만행을 알리고 싶었던 것 같다. 그런 의미에서 재판은 쇼와 비슷한 측면도 많았다.

가장 중요한 '구조적인 문제'는 독일 국적의 아이히만이 제3국에서 이스라엘 국가정보 기관인 모사드에 의해 납치되었고, 독일 공무원의 자격으로 행했던 직무에 대한 재판이라는 것이다. 아렌트는 이 재판이 정당성을 인정받으려면 국제형사재판소에서 이루어져야 한다며 비판했다. 그러나 이 제안은 유엔총회에서 두 번이나 거부되면서 무산되었다. 현실적으로는 불가능했던 것이다.

아렌트가 가장 놀란 점은 체제에 충직했던 출세지향적인 평범한 공무원의 모습을 보이는 아이히만의 언행이었다. 공개된 자료를 모두 검토해보면, 아이히만은 이런 법정에서 자신의 무죄를 입증하고 싶었고, 그게 가능할지도 모른다고 여겼던 것 같다. 나는 그 재판이 녹화된 비디오 자료도 구해 보았는데, 아이히만은 자신이 그저 명령에 복종했던 충직하고 건실한 공무원에 지나지 않는다는 점을 끊임없이, 자신만만하게 강조하고 있다. 그렇다면 그는 정말 자신이 맡은 일인 '유대인 수송'밖에 몰랐을까? 그럴 리가 없다. 제2차 세계대전 동안 독일 국민의 40퍼센트가 끔찍한 유대인 학살에 대해 알고 있었다는 조사 결과도 있다. 그런데 수송 책임자였고 제국보안부에 소속된 고위 공직자였던 그가 유대인에 대한 '최종해결책'의 의미가 무엇인지 몰랐겠는가.

어쩌면 그는 '언어의 문제' 때문에 자신에게는 죄가 없다고 착각하게 되었는지도 모른다. 제2차 세계대전 동안 '대량학살자'라는 별명까지 얻었던 것을 생각해보면 착각이 아니라 착각하고 싶었을 것이다. 거짓말쟁이들은 너무나 잘 안다. 사람들을 믿게 만들려면 자기가 먼저 그 거짓말을 사실이라고 착각해야 한다는 것을.

히틀러가 지시한 유대인 학살에 적극적으로 나섰던 최고 고위층은 그와 관련된 언어 규칙을 만들었다. 학살은 최종해결, 살인은 안락사 제공, 완전 소개疏開는 특별 취급, 유대인 이송 작업은 거주지 변경이나 재정착, 또는 동부지역 노동이라고 했으며 유대인은 최고의 생물학적 재료였고 가스실은 의학적 처치였다. 처음에는 이런 언어 규칙에 맞춰 대화해야 할 사람과 그렇지 않은 사람들로 나뉘었다. 그러나 오래지 않아 다들 이런 언어 규칙에 따른 단어만 사용하게 된다. 이런 비밀스러운 어법은 그들이 하는 일을 다른 사람들에게 숨기려는 의도보다 그들이 저지르고 있는 끔찍한 범죄행위를 정상적인 지식과 다른 것으로 인식하기 위해서였다. 그 결과 '제정신을 유지하고 질서를 유지하는 데' 엄청난 도움이 되었다. 그러니까 아이히만 스스로가 판단하기에 자신은 유대인을 학살하는 데 중요한 역할을 한 것이 아니라 그저 '최종해결'을 위해 자신에게 부여된 임무를 충실히 수행했던 것일 뿐이다. 실제와 다르게 표현하는 이런 종류의 언어가 아이히만의 현실감각을 마비시킨 것인지도 모른다. 재판과정에서도 판사들은 현실이 반영되지 않은 상투어를 남발하는 그의 발언에서 공허한 느낌을 받았다고 한다.

용서할 수 없어도 이해할 순 있다

나에게는 '악의 평범성에 대한 보고서'라는 역설적인 부제의 의미가 바로 이렇게 순진한 모습을 보이며 공허한 상투어로 재판부를 설득하려는 아이히만에 대한 놀람의 표현으로 읽힌다. 그를 정기적으로 방문했던 한 성직자는 그가 '매우 긍정적인 생각을 가진 사람'이라고 발표했다. 그가 저지른 악은 악마성이 아니라 감각을 마비시키는 비현실적인 언어로 구축된 구조 속에서 자신의 행위 결과에 대한 생각 없이 상부 명령에 따라 성실하게 일한 결과였던 것이다.

'악의 평범성'이라는 말은 본문을 마무리하면서 딱 한 번 감탄사처럼 등장한다. 저자는 '악의 평범성'에 대한 과도한 일반화를 걱정했던 것 같다. 후기에 이렇게 적었다.

"끝으로 가장 중요한 부분으로 이 책은 악의 본질에 대한 이론적 연구도 아니다. 모든 재판의 초점은 개인의 역사, 특질과 고유성, 행동 유형, 상황 등 항상 독특성을 지닌 살과 피를 가진 한 인간인 피고의 인격에 있다."

이 책의 내용은 특수한 상황에서 극악한 범죄를 저지르고도 자신의 죄를 인식하지 못하는 한 범죄자에 대한 르포 같은 것이라는 말이다. 저자가 이 책을 발표한 다음 아이히만에게 면죄부를 준다고 생각한 사람도 많았던 듯하다. 그러나 이해와 용서는 다른 범주에 속한다. 심각한 범죄일수록 그 정체를 분명히, 잘 이해할 필요가 있다. 그래야 올바른 해결책이 무엇인지 판단할 수 있지 않겠는가. 그렇다고 해서 그 범죄가 용서된다는 뜻은 아니다. 설사 아이히만이 통치자 없는 통치 구조인 관료 체제 안에서 톱니바퀴의 이와 같은 역할밖에 한 일이 없다고 하더라도 그 결과가 범죄라면 그에 합당한 처벌을 받아야 하는 것이다.

이론은 추상적이며 편협하지만 사건은 구체적이고 종합적이다. 저자는 그 전말을 다룬 자세한 이야기를 통해 독자들이 나름대로 해석하고 의미를 부여하길 바랐던 것 같다. 그런 의미에서 대단히 문학적이기도 하다.

책이 출간되고 한참 동안, 어쩌면 지금도 여전히 '악의 평범성banality of evil'이라는 말이 문제가 되어왔다. 이는 시스템 속에서 아무 생각 없이 적응하며 살아가는 사람이 저지를 수 있는 '평범한 사람의 악'으로 해석되는 경향이 있다. 출간 이듬해인 1964년 독일어판이 나온 직후 독일의 한 라디오 방송에서 인터뷰한 내용에 따르면 이건 완전한 오해다.

인터뷰어가 세간에는 '악의 평범성'이라는 말에 대한 오해가 크다고 하자, 아렌트는 그 때문에 자기도 충격을 받았다면서 이렇게 대답한다. '내가 하고 싶었던 말은 그게 아니다. 아이히만이 우리 안에 있다거나 누구나 아이히만이 될 수 있다고 말한 것이 아니라, 아이히만이 보여준 것이 진부한 악행이었다는 것이다.' 참고로 당시 인터뷰한 내용은 hannaharendt.net에서 전문을 볼 수 있다.

실제로 영어 낱말 'banality'의 어원을 추적해보면 진부함, 뻔함이라는 의미가 강하다. 그렇지만 『예루살렘의 아이히만』을 읽어보면 오해의 가능성이 충분히 존재한다. 아이히만은 상상력이 부족했기 때문에 악을 저지르면서도 '자기가 무엇을 하고 있는지 결코 깨닫지 못한 것'이라고 쓰여 있기 때문이다.

그러나 최근에 번역 출간된 베티나 슈탕네트의 『예루살렘 이전의 아이히만』(원서 출간 2011)을 읽어보면 아이히만은 '자기가 무엇을 하고 있는지 너무나 잘 알고 있었다'고 봐야 한다. 이 새 책은 나치 시절과 패전 뒤, 재판받던 시절의 아이히만의 변신을 적나라하게 보여준다.

『예루살렘의 아이히만』과 관련된 자료를 섭렵하다보면 아렌트가 아이히만에게 속았다는 지적도 보인다. 나는 그렇게는 생각하지 않는다. 그가 남긴 말과 글을 꼼꼼히 검토해보면 재판에 임하는 아이히만이 숨기려 했던 진면목을 제대로 봤던 것 같다. 그렇다면 작가의 '진정한 의도'는 무엇이었을까? '악의 평범성'은 여러 논란을 불러일으킬 수밖에 없는 표현이다. 인터뷰 행간을 읽어보면 그러리라는 것도 잘 알고 있었던 듯하다. 사람들이 어떻게 해석하든 그의 의도를 벗어난 것이 아니다. 게다가 『예루살렘의 아이히만』의 길고 강한 생명력은 그 말에 담긴 여러 겹의 의미가 만들어내는 논란의 울림에서 나온다. 통치자 없는 통치 구조 속 악의 위험에 대해서도 되새기게 만드는 것이다.

우리는 우연한 사건이 수없이 복제된 필연적 존재다

자크 모노, 『우연과 필연』, 1970

『우연과 필연』은 1965년에 노벨상을 수상한 자크 모노가 쓴 1970년의 작품이다. 부제는 현대 생물학의 자연철학에 관한 에세이다. 여기서 현대 생물학이란 분자생물학을 가리킨다. 물리학이나 화학과 생물학의 연구 대상은 분명히 구별되는 것이라고 생각하는 사람이라면 이 분자생물학이라는 명칭을 이해하기 어려울지 모른다. 분자는 물리학 내지는 화학의 연구 대상인 무생물이고, 생물학의 대상은 생물이기 때문이다.

그러나 생물이란 무생물인 원소들이 미시적 차원에서 우연한 조합으로 분자로 만들어져 나름의 형태를 유지하다가 스스로를 복제하려는 의도를 가진 세포들의 집합체다. 여기서 미시적이란 10억 분의 1미터인 옹스트롬 단위로 표현되는 크기의 세상이다. 자기복제라는 의도를 가진 생물은 약 35억 년이라는, 상상도 할 수 없는 긴 세월을 거치면서 진화한 것이다. 첫 번째 세포는 허접하고 조잡했겠지만 이후 약 13억 년 동안 시행착오를 수없이 거친 다음 좀더 정교한 세포로 진화했다. 그것이 진핵세포다. 이후 다시 진화에 진화를 거듭해 오늘날과 같이 복잡한 구조를 가진 생물들이 출현했다. 그 복제 메커니즘의 중심에는 DNA라는 이름으로 알려진 암호 문서가 있다. 그 내용은 무엇을 어떻게 복제하라는 '지시 텍스트'다. 그것이 어떻게 기록되었고 해석되어야 하는지는 20세기 중반을 넘어서면서 밝혀지기 시작했다.

지시대로 결합하면 만들어진다

이 이야기에는 종교나 철학에서 받아들이기 어려운 과학적 사실이 담겨 있다. 생물은 무생물이기도 하며, 박테리아와 인간을 세포 차원에서 보면 별다르지 않다는 것이다. 그렇지만 생물을 구성하는 물질은 무생물과 다른 방식으로 변화한다. 무생물은 물리화학적 법칙과 조건을 따르지만 생물은 세포 집합체의 삶과 복제라는 목적에 맞춘 의도에 따라 변한다. 저자인 모노는 그런 생물체의 성질을 합목적성이라고 설명한다.

이런 합목적성은 확률이 거의 제로인 우연한 물리화학적 사건의 발생과 함께 시작된 것이다. 스스로 복제할 수 있는 물질이 조합될 확률은 제로에 가깝지만 제로는 아니다. 지구는 약 45억 년 전에 태어났고, 이후 10억 년 동안 수없이 다양한 방식으로 원소들의 조합이 생멸했을 것이다. 그러다가 딱 한 번 '자기복제 메커니즘'을 가진 분자가 만들어졌다. 동일성을 유지하려는 의도를 가진 자기복제 메커니즘이 오늘날과 같은 다양한 생명체로 분화되고 진화하는 데는 그 한 번으로 충분했다. 그 한 번의 우연이란 이런 정도의 확률이다. 높은 곳에서 해머를 들고 일하는 사람이 있다. 그가 실수로 해머를 떨어뜨렸다. 한 의사가 위급한 환자를 보러 가기 위해 집을 나섰다. 그 해머가 의사의 머리 위에 떨어졌다. 두번 다시 일어날 것 같지 않은 우연한 사건이지만 의사의 죽음은 필연적일 것이다.

여기까지는 다른 과학 책에서도 접할 수 있는 내용이다. 이 책에서만 볼 수 있었던 '과학적 설명'은 다음과 같은 질문에 대한 답이다. 생물체의 자기복제 메커니즘은 DNA라는 문서에 쓰여 있는 텍스트를 통해 지시되고 구현된다. 여기에서 중요한 점은 그 지시문이 단순한 텍스트라는 것이다. 도대체 단순한 텍스트로 어떻게 구체적인 3차원 물질의 제작을 지시할 수 있단 말인가? 인간의 언어가 아무리 정교하다 해도 텍스트만으로 주문자의 의도를 건축가에게 정확하게 전달하기는 불가능하다. 텍스트는 스스로 수많은 해석 가능성을 가지고 있기 때문이다. 그런데 생물은 DNA의 텍스트가 의도한 구조와 형태를 정확하게 만들어낸다. 그것이 가능한 것은 바로 '도깨비' 때문이다.

DNA의 지시에 의해 만들어지는 단백질은 대개 비공유적 결합으로 이루어지는 입체특이성을 갖는 복합체다. 갑자기 조금 어려운 말이 튀어나온 것 같지만 의미는 간단하다. 지시문에서 언급한 재료인 구성 요소들은 입체특이성을 갖고 있기 때문에 지시대로 결합하면 만들어지는 형태는 단 하나뿐이다. 장난감 블록의 경우와 비슷해 보인다. 그러니까 지시대로 조합되면 텍스트의 의도와 정확히 일치하는 형태가 만들어지는 것이다.

그렇지만 도대체 누가 지시대로 조합한단 말인가? 그런 역할을 하는 것도 도깨비다. 생명체가 만들어지고 작동하는 이유가 도깨비라니 말도 안 된다고 생각할지 모른다. 그러나 단백질을 만드는 요소들은 가까이 있기만 하면 '입체특이성'을 인식하고 정확하게 결합한다. 도깨비가 아니라면 어떻게 그런 일이 일어날 수 있겠는가.

그렇다면 그런 요소들의 재료와 산물들을 관리하기 위한 조절 통제 장치도 있어야 할 것이다. 그 역할은 알로스테릭 효소가 맡고 있다. 이 효소가 작동하는 방식도 도깨비 같다. 효소에 의해 무언가가 만들어지면 효소는 덜 만들어지도록 통제한다. 스스로 필요한 양을 조절하는 것이다. 마찬가지로 만들어진 대사산물이 사용되어 줄어들면 피드백을 통해 더 만들어내도록 자극한다. 그뿐만이 아니다. 거대한 대사산물이 공동 제작될 때는 다른 구성 요소의 양에 맞추어 적절한 비율만큼만 생산하도록 한다. 이 효소가 무엇인가를 제작하는 데 필요한 새로운 재료가 공급되면 여기에 자극되어 제작한다.

세포 안에서 일어나는 이런 작용은 물리화학의 일반법칙을 따르는 것이 아니다. 저자는 이런 다양한 역할을 하는 도깨비를 단백질 분자에 의해 개발된 '공학기술'이라고 규정한다. 생체 내의 분자들은 생체의 합목적성에 따른 의도를 구체화하는 행동양식을 보이는 것이다. 그럼으로써 유기체는 거대한 네트워크를 형성할 수 있고 그 안에서 유기체 나름대로의 생리적인 원칙에 따라 작동하는 자율적인 단위가 된다.

언어 사용은 신체에도 영향을 미친다

나는 여기까지 읽고 일단 책을 덮었다. 믿기 어려울 정도로 신기한 SF 소설 같지 않은가. 이 책은 벌써 40년 전에 쓰인 오래된 과학책이다. 그사이에 분자생물학은 비약적으로 발전했다. 저자가 비록 노벨상 수상자라 하더라도 그 역시 책 출간보다 더 오래된 일이다. 출간 이후에 이 책의 내용에 대한 비판은 없었을까? '잘못된 지난날의 지식'은 포함되어 있지 않았던 걸까? 1972년의 영문판과 함께 2022년에 출간된 한국어판을 세세히 검증하며 다시 읽어봤지만 내 능력으로는 그런 점을 찾을 수 없었다. 인터넷을 검색해도 마찬가지였다. 아마존에서도 여전히 널리 읽히고 있음을 확인할 수 있었다.

흥미로운 점은 한국어판 번역가가 생물학자가 아닌 철학자라는 사실이다. 그것도 책 속에서 비웃음의 대상으로 등장하는 베르그송을 전공했다. 그는 평생 철학을 공부했지만 이 책을 옮기면서 부끄러웠다고 한다. 모노의 철학에 대한 비판 앞에서 너무나 무력했기 때문이다. 그랬으니 역자도 책에 대한 비판적인 내용을 찾아보지 않을 수 없었을 것이다. 그에 따르면 "20여 년이라는 오랜 세월 동안 모든 반대 측의 주장들을 깡그리 초토화시킬 만큼, 이 책의 위력은 대단한 것이었다."

『우연과 필연』 후반부의 내용 역시 분자생물학의 중요한 개념들을 다룬다. 그러나 그의 설명에는 다른 과학책에서 찾아보기 어려운 심원한 철학적 통찰력이 담겨 있다. 6장 '불변성과 요란'에서는 복제의 불변성에 발생하는 돌연변이가 양자적 사건이므로 '불확정성의 원리'에 지배된다. 그러므로 예측 가능한 것이 아니다. 진화를 다룬 7장에서는 인간을 인간답게 만든 언어의 사용이 신체의 진화에도 영향을 미쳤으리라 진단한다. 9장 '왕국과 어둠의 나락'에 이르면 7장의 논점에서 한발 더 나아간다. 언어 사용은 인간의 정신적, 신체적 진화에 깊은 영향을 끼쳤지만 그 언어가 만들어낸 주류의 거짓된 가치와 사상에 대해 거침없이 비판한다. 그것들에 대한 대안으로 저자는 새로운 지식의 윤리를 제안한다. 진정한 사회주의 시스템은 참된 지식의 윤리에 기반해서 만들어져야 한다는 것이다. 이 책이 과학과 철학의 경계를 넘나드는 중요한 고전으로 평가받는 이유다.

제2부

벽을 뚫고 여백으로

진실을 드러내기 위한
수많은 더블의 향연

도리스 레싱, 『금색 공책』, 1962

페미니스트 바이블이라고 불릴 정도로 한때는 여성해방 '운동'의 살아 있는 고전이었다. 출간 당시에는 이런 작품을 쓴 작가가 남성 혐오자이거나 볼브레이커로 매도되었다. 찬사와 비판이 극단적으로 엇갈렸다. 소설의 배경은 제2차 세계대전이 끝난 지 얼마 안 된 1950년대이고 책은 1962년에 출간되었다. 남자의 자존심을 위해서라면 여자는 뭐든 감수해야 한다는 생각이 시퍼렇게 살아 날뛰던 시절이었다. 많은 남성 작가는 여성을, 남성을 괴롭히고 배신하며 권위를 무너뜨릴 뿐 아니라 기력을 소진시키는 혐오스러운 존재로 그렸다. 그런 인식이 팽배했던 문학판에서 이 소설은 거침없는 '자유로운 여자들'에 대한 이야기로 충격을 주었다. 여성의 금기를 과감하게 깨뜨리며 구조적인 속박에서 벗어나지 못하는 이유를 무의식의 저변까지 샅샅이 훑는다. 사랑과 섹스에 대해서도 마찬가지다. 여성의 관점으로 상대방 남성에 대한 평가도 서슴지 않는다. 진정한 사랑에서는 질 오르가슴을 느끼지만 사랑이 사라진 뒤에는 음핵 오르가슴으로 대체된다면서. 가부장제가 주입한 관점이 아니라 여성의 입장에서 여자 몸의 불편함, 성욕과 섹스의 거짓 그리고 진실에 대한 사유를 적나라하게 드러낸다.

네 권의 공책에 기록된 각각의 진실

그러나 잊지 말아야 한다. '괜찮다, 괜찮다, 다 괜찮다'고 했던 천상병 시인은 조금도 괜찮지 않았다. 마찬가지다. 이 소설의 다섯 개 장 제목은 '자유로운 여자들'이다. 자유는 자유롭지 않을 때 간절한 마음으로 거듭 호명된다. 주인공인 작가 애나 역시 그다지 자유롭지 않다. 글을 써내지 못하고 꽉 막혀 답답하기 그지없다. 어쩌면 그 누구도 자유로울 수 없을지 모른다. 사회생활을 하는 인간이라면. 사회적인 나와 개체로서의 나는 갈등과 타협의 연속선에서 벗어날 수 없기 때문이다. 그 속에서 열린 미래를 지속적으로 구축하려면 엄청난 에너지가 발휘되어야 한다. 소설의 주인공에게서 그 힘을 느낄 수 있다. 작가인 도리스 레싱도 출간된 지 30년이 지나 다시 읽어보니 거기에 '쏟아부은 미쳐 날뛰는 에너지'를 느낄 수 있었다고 했다. 읽기 위한 작품을 넘어 실행하기 위한 '운동' 매뉴얼로 느껴지는 이유다. 뒤늦긴 했지만 거기에 충전된 엄청난 에너지가 2007년 노벨문학상을 수여케 했을 것이다.

에너지가 부족한 사람은 갈등을 차단하면서 안정을 추구한다. 편협한 세상에 안주하며 변화에 저항하는 것이다. 소설 속에서는 그런 인물들이 안타고니스트로 등장한다. 주인공인 작가 애나 울프는 아무리 사소한 것이라 해도 철저하게 회의하며 묻고 답하는 과정을 끈질기게 되풀이한다. 이 소설은 그 경험을 '진실에 가까운 표현 방식'으로 풀어낸 것이다.

그 방식이 자못 흥미롭다. 주인공인 작가는 이 작품의 작가인 도리스 레싱의 더블이다. 소설에서 더블이란 같은 특성과 가치관을 가진 둘 이상의 존재를 가리킨다. 작가의 일대기를 훑어봐도 알 수 있는 일이다. 아프리카와 영국이라는 배경이나 한때 공산주의자였다는 사실이 그렇다. 좀더 나은 세상을 만들기 위해 열정적인 젊은 시절을 보내며 사랑하고 절망하면서 희망을 되찾아간 작가의 일대기로 읽힌다. 작가도 자서전을 쓰면서 픽션이 진실에 훨씬 더 가깝다는 것을 새삼 느꼈다고 고백한 적이 있다.

진실을 드러내기 위해 선택한 형식은 메타소설이다. 이중 삼중의 더블이 수없이 등장한다. 작가 애나는 데뷔작이 베스트셀러가 되는 바람에 경제적인 문제를 쉽게 해결할 수 있었다. 그렇지만 자신의 데뷔작은 거짓되며 부도덕하다고 여긴다. 그런 상황에서 새로운 작품을 써내지 못해 괴로워한다. 진실을 제대로 표현하기 위해서 어떻게 할 것인가를 고민하다가 네 개의 관점으로 자신의 경험을 정리한다. 네 권의 공책에 나눠서 기록한 것이다. 작가 애나에 대한 사실들은 검은색 공책에, 특히 정치에 대한 경험과 의견은 빨간색 공책에, 픽션은 노란색 공책에, 그리고 기록의 일차 자료로서의 일기는 파란색 공책에 썼다. 마지막으로 이 작품의 대단원으로 읽히는 내용이 담긴 금색 공책이 등장한다.

검은색 공책은 '어둠'이라는 제목으로 시작해서 주인공 애나의 성공적 데뷔작인 '전쟁의 접경지대'에 대해 자세히 설명한다. 그 데뷔작의 상업적인 성공과 작품 내용을 짐작하게 하는 아프리카 시절의 인물들에 얽힌 에피소드가 시시콜콜하게 소환된다. 작가로서 애나는 그 이야기를 공책에 기록하면서 자신의 글이 사실 그 자체가 아니라 진실을 왜곡하며 은폐한다고 느낀다. 그

것이 애나가 새로운 소설을 써내지 못하는 중요한 이유 가운데 하나일 것이다.

빨간색 공책에는 애나가 환멸을 느끼게 된 영국에서의 공산당 정치 활동이 기록되어 있다. 그 내용은 실체가 아닌 허구적 이념에 매몰되어 있던 1950년대 운동가들의 절망적인 모습을 그대로 보여준다. 선거운동을 하는 동안에는 집 안에서 서서히 미쳐가는 수많은 여자를 목격한다.

노란색 공책에는 '세 번째 그림자'라는 제목이 붙어 있어 소설 원고 같다. 읽어보면 확실히 소설이다. 지금 우리가 다루고 있는 이 작품, 『금색 공책』의 요약본이다. 작품의 더블이 거기에 쓰여 있는 것이다. 메타소설이라는 관점에서 보면 그 중편소설이 어떻게 쓰였는지, 그 소설의 복잡다단한 진실은 무엇인지 자세히 보여주는 장편소설이 『금색 공책』인 셈이다. 소설 속의 인물뿐만 아니라 소설 속의 소설작품도 삼중 더블이다. 참고로 한국어판에는 '제삼자의 그림자'로 번역되어 있다. 영어로는 The Shadow of the Third이다.

정교하게 잘 짜인 이 복잡한 이야기를 읽어가다보면 작가가 선택한 '진실의 표현 방식'에 깊이 공감하게 된다. 앞에서도 말했지만 우리 삶은 수많은 갈등과 타협의 연속이다. 하나의 자아만 가지고 있는 것도 아니다. 그런 관점에서 보면 하나의 초점으로 그려낸 단아하고 깔끔한 이야기는 진실의 파편일 뿐이다. 그 자체로 거짓은 아닐지 몰라도 복잡다단한 진실을 충분히 드러내지 못하기 때문에 저절로 사실을 은폐하고 왜곡한 거짓이 되는 것이다. 그렇다면 그 두 가지, 작품과 작품을 쓰기 위해 수집한 자잘한 사실들을 전부 보여주면 어떻겠는가? 이 작품이 바로 그 결과물이다.

파란색 공책에는 자신의 논픽션 경험을 자꾸만 픽션으로 바꿔 쓰는 습관 때문에 생기는 은폐와 왜곡을 극복하기 위해 일기 형식으로 쓴 글이 담겨 있다. 여기에는 자신의 심리상담자인 마더 슈거와의 대화가 기록되어 있는가 하면, 어쩌면 진정한 사랑이 기대되는 새로운 더블, 이성인 더블이 등장한다. 분열된 자아가 통합될 가능성을 예고하는 것이다. 이 모든 장치가 진실을 표현하기 위한 고민의 결과물이다. 어느 하루를 꼼꼼하게 기록해 보기도 하고, 신문들을 모아서 스크랩으로 방을 가득 채우는 지독한 광증을 보이기도 한다.

단순 간단한 이야기는 진실과 거리가 멀다

이 네 권의 노트가 작가 애나의 '분열된 모습'이라면 통합될 가능성을 보이는 것이 금색 공책이다. 이처럼 이 작품은 '노트'를 중심으로 이야기를 풀어나가고 있지만 이 노트들은 다섯 개 장, '자유로운 여자들 1~5'에 담겨 부분적으로 재구성되어 있다. 작가의 의도가 정교한 형식 속에서 유기적으로 연결되어 의미를 만들어낸다.

내가 여기까지 정리하고 다시 읽어보니 이 복잡한 장편소설이 꽤나 간명해 보인다. 그러나 작가인 도리스 레싱이 이 작품을 통해 강조하듯이 단순 간단한 이야기는 진실과 거리가 멀다. 무엇보다 독자들이 이 작품을 직접 읽고 나면 내가 이 글에서 '거짓된 감정을 불러일으키는 노스탤지어'만 늘어놓았다고 느낄지 모른다. 어떤 독자는 이념과 정치 활동에 매혹될 것이고, 다른 독자는 페미니스트의 적나라한 행위와 분석에 빠져들 것이다. 혹은 그 모든 속박의 근원인 무의식의 저변에 깔린 심리 분석에 집착할지도 모른다. 나는 메타소설이라는 형식과 등장인물들의 거침없는 행위 및 어법에 매료되었다. 이 소설은 여러 개의 얼굴을 가지고 있다. 거기에 축적된 엄청난 에너지를 받아들여 세상을 조금이라도 나은 곳으로 만들 수 있다면 얼마나 좋을까. 책을 덮으면서 이십대의 순진한 '운동'의 열정을 느낀다. 새로운 더블의 탄생이다.

당신과 나 사이에 놓인 서슬 퍼런 칼

한강, 『희랍어 시간』, 2011

한강의 작품 가운데 가장 재미있게 읽은 것은 『그대의 차가운 손』(2002)이고 가장 사랑하는 것은 『희랍어 시간』, 닥치고 읽어야 했던 것은 『소년이 온다』(2014)이다.

『그대의 차가운 손』의 서사는 꽤나 영웅적이다. 그래서 대중적인 데가 있다. 껍질과 껍데기의 차이에 의미를 부여한 라이프캐스팅 조각을 제작하는 조각가 장운형이 사건의 중심이다. 아름다운 손을 가지고 있지만 먹어야 하고 토해야 하는 L과 장운형에게 껍질의 아픔을 분명히 알게 해주는 E가 등장한다. E는 육손으로 태어났지만 그 신체적 콤플렉스를 극복한 인물이다. 장운형과 L은 스치는 인연이었지만 E는 사랑하는 관계로 발전한다. 그리고 그 둘은 밑도 끝도 없이 현실에서 사라진다. 그러다가 장운형의 유고전에 잠깐 모습을 드러낸다. 아니, 소설의 화자가 보았다고 느낀다.

예술은 속이 텅 빈 껍데기다

'라이프캐스팅'은 생명의 껍질이 흔적처럼 남아 있는 껍데기다. 이것은 인간의 삶에 대한 라이프캐스팅이기도 한 문학fiction에 대한 비유로도 읽을 수 있다. 당연히 표면을 좇아 살아가는 텅 빈 인생에 비유해도 좋을 것이다. 그러니 장운형이 E와 함께, 원래 없었던 듯 사라지는 결말은 주제와 딱 맞아떨어진다. 스토리와 등장인물의 성격, 사건, 핵심 소재들에 부여한 상징 모두 최적의 결맞음을 보인다. 화자를 작가로 설정한 것부터.

예술작품은 모두가 픽션이고 픽션은 속이 텅 빈 껍데기다. 라이프캐스팅처럼. 어떤 오브젝트든 그 껍데기 안쪽은 어둠으로 가득 찬 허공이다. 그곳에 빛을 비추고 비어 있다는 것을 확인하는 사람들은 독자/관람자/해석자다. 그 공간은 그들에 의해 채워졌다가 이내 다시 비워진다.

『희랍어 시간』은 그 텅 비고 어두운 껍데기 내부를 채워주는 것이 무엇인지, 어떻게 채워지는지 보여준다. 첫 문장부터 의미심장하다. '우리 사이에 칼이 있었네.' 보르헤스(1899~1986)가 마지막 부인이었던 마리아 고타마(1937~2015)에게 자신의 묘비명으로 써달라고 했다는 문장이다.

중요한 문제는 아니지만 보르헤스의 묘비명에는 그렇게 쓰여 있지 않다. 그리고 보르헤스가 고타마에게 그런 말을 했다는 것도 확인할 수 없다. 누가 분명한 근거를 가지고 있다면 알려달라. 확인된다면 소설의 해석이 조금은 달라질지 모른다.

그들 사이에 있던 칼은 무엇일까? 보르헤스와 고타마의 나이 차이는 서른여덟 살이고 죽기 전 10년가량을 함께 살았다. 고타마는 1970년경 보르헤스의 강의를 들은 학생이었다. 보르헤스가 시력을 잃기 시작한 것은 소설 속 인물인 희랍어 선생처럼 30대 때였다. 그는 시력을 잃은 뒤 쓰기보다는 강의를 많이 했는데 고타마는 그의 강의를 듣고 반했던 것 같다.

1975년경부터 고타마는 학생이 아니라 비서로 함께하기 시작했고 보르헤스가 세상을 떠나기 석 달 전에는 결혼까지 했다. 보르헤스는 어둠 속에서 길을 찾고 더 많은 의미를 탐색하도록 도와준 고타마에게 그의 모든 것을 유산으로 남겼다. 그 전에도 말이나 글로 자주 고마움을 드러냈지만.

그들 사이에 놓여 있던 '칼'은 무엇이었을까? 소설 속의 희랍어 선생은 처음에 단순하게 결론 내린다. 시력을 잃었으니 그와 세상 사이에는 어둠이 가로막은 것 아니겠느냐고. 칼은 그 어둠에 대한 '서슬 퍼런 상징'일 것이라고. 그가 아직 그 여자를 만나기 전이라 그때까지는 그런 정도의 결론으로 '충분했다'.

그 희랍어 선생도 보르헤스처럼 유전병의 영향으로 비슷한 나이에 시력을 잃어갔고, 학원에서 강의하고 있었다. 여기서 고타마의 역할을 맡은 여자는 문학을 강의하고 시집도 세 권이나 낸 사람이다. 보르헤스와 고타마 사이에는 서른여덟 살의 나이 차라는 칼도 있었으리라. 그러나 희랍어 강의를 듣는 여자는 이유도 전조도 없이 말을 잃은 사람이다. 이 두 사람 사이에 놓인 칼은 어둠과 말을 잃은 것이었다. 보지 못하게 되는 사람과 말하지 못하는 사람이 어떻게 만나서 소통하고 사랑할 수 있을 것인가?

이 소설은 그 질문에 대한 가능한 답을 찾는 시뮬레이션이다. 아, 여기서도 그 여자의 대답은 유효하다. 그 여자를 이해했다고 말하는 심리상담사에게 이렇게 대답했다. '그렇게 간단하지 않아요.' 이 대답은 언제나 옳다. 상대가 누구든 무슨 문제든 서로의 이해를 가로막는 서슬 퍼런 칼이 놓여 있지 않은가. 시뮬레이션이라고? 물론 그리 간단하지 않다. 그렇지만 우리는 길을 걸을 때 앞으로 나아가고 싶다면 발을 디딜 자리를 선택해야 한다. 그 자리가 아니면 안 되는 이유를 따져보지 않고 직관적으로.

"언어만으로 충분하지 않다"

희랍어 시간 동안 선생이 강의하는 내용에 이 작품의 중요한 메시지가 여러 번 등장한다. 작가의 메시지라는 것을 쉽게 눈치 챌 수 있으면서도 그럴듯하고 자연스럽게. 그런 것 가운데 하나가 고대 인도유럽어족에 일반적으로 포함되어 있던 '중간태'다. 이는 재귀명사를 사용하는 문장과 비슷한 의미를 가진다. 오늘날 재귀명사는 드물게 쓰인다. 단지 행동의 이유를 분명히 강조할 필요가 있을 때뿐이다. 그 이유는 간단하다.

언어는 발화자가 어떻게 말하든 그 내용은 결국 발화자의 입장에서 받아들인 세상에 대한 이야기이고 거기에는 다른 사람들이 자신을 높이 평가해주기를 바라는 마음이 담긴다. 궁극적으로는 발화자 자신을 위한 것이니 중간태는 중언부언인 셈이다.

그럼에도 불구하고 소설에서 이미 사라진 중간태를 강조하는 이유는 앞서 설명했듯이 현대 언어에 남아 있는 재귀명사를 사용하는 이유와 같다. 발화자가 어떤 방법으로 표현하든 중간태의 한계를 넘지 못한다면 우리는 소통의 도구 안에 소통을 가로

막는 칼을 놓아두는 셈이다.

여기서 중간태를 가진 고대 희랍어를 소재로 삼았다는 것도 결이 잘 맞는 설정이다. 오늘날 사용하는 사람이 적어 소통되지 않는 언어라는 점에서 희랍어 안에는 날카로운 칼이 놓여 있는 것이다. 그래서 강의를 듣는 그 여자는 더 낯선 언어인 버마어나 산스크리트어 강좌가 개설되어 있었다면 그것을 들었으리라 말한다. 고대어 원전을 읽을 생각은 조금도 없지만.

그들이 사용하지 않는 언어를 강의하고 배운다는 상황 설정은 내밀한 소통에서 언어의 역할이나 효과를 전혀 신뢰할 수 없다는 의미일 것이다. 그렇다면 어떻게 해야 하는가? 여기서 현대 최고의 기호학자 가운데 한 사람인 줄리아 크리스테바(1941~)를 떠올리게 된다. 소통을 위한 기호학적인 의미에서 그가 강조했던 것은 '언어만으로 충분하지 않다'라는 말로 요약할 수 있다.

이 주장에는 자크 라캉(1901~1981)과 그의 추종자들이 조금 지나치게 강조해온 '상상계'와 '상징계'를 부정하는 의미가 담겨 있다. 라캉의 주장을 요약하면, 인간은 생각하고 소통하기 위해 상상과 언어라는 상징을 사용한다. 여기서 중요한 것은 그가 말했던 '무의식은 언어 속에 구조화되어 있다'라는 설명이다. 현재 우리가 사용하는 언어는 가부장제의 입장이 가득 채워진 것이다. 그렇게 보면 무의식은 가부장제의 입장을 반영하는 언어로 표현될 수밖에 없으며 생각이나 해석의 관점도 거기에서 벗어날 수 없다.

그러나 우리 모두가 알고 있듯이 인간의 사고방식이 형성되는 과정에서는 태어나면서부터 축적되는 감각적 경험이 매우 중요한 자리를 차지한다. 현실을 제대로 재현해내지 못하는, 언어라는 껍데기의 텅 빈 공간을 채우며 생명을 불어넣는 것은 경험의 필터를 통과한 감각적 경험이다. 그래서 전혀 경험해본 적 없는 것에 대해서라면 언어로도 소통하기 어렵다. 이런 관점으로 작품에 담긴 에피소드와 시적인 문장들의 의미를 새겨보면 스토리와 상징의 전개가 얼마나 멋진 결맞음을 보이는지 '경험'할 수 있을 것이다.

그런 감각적 경험을 꼭 한번 해보기를 권하는 것 가운데 하나가 '손바닥에 손가락으로 필담하기'다. 소설의 후반부로 가면 이런 장면이 나온다. 희랍어 선생이 계단을 오르는데 거기에 들어온 작은 새 때문에 안경이 벗겨져 바닥에 떨어지고 깨진다. 그는 안경을 주우려다가 깨진 안경에 찔리고 심하게 다친다. 그를 도와주러 온 사람은 말을 잃은 그 여자였다. 희랍어 선생은 상처를 치료할 생각은 하지 않고 안경을 빨리 맞추러 갈 생각만 한다. 그는 그 여자에게 안경점 문을 닫기 전에 가야 한다고 말한다. 그러나 그 여자는 손목을 묶은 손수건이 피로 젖는 것을 보고, 선생의 손바닥에 떨리는 검지로 글을 쓴다. '먼저 병원으로 가요.' 에피소드는 거기서 끝난다. 이런 문장은 텍스트의 의미만으로 그 깊이와 넓이를 제대로 음미할 수 없다. 아니, 텍스트의 의미는 그리 중요하지 않다.

후반부에 가면 희랍어 선생과 그 여자는 손바닥 필담으로 자주 소통하고, 마침내 키스하는 장면에 이른다. 그 극단적인 감각적 소통 끝에 그 여자는 잃었던 말을 되찾는다. 언어는 감각 경험과 함께할 때 저절로 살아나는 것이다.

인간과 인간 사이에 놓인 서슬 퍼런 칼을 넘어서는 사랑이 어떻게 이루어지는지 보여주는 이야기다. 그 의미를 확장해서 작가와 독자 사이에 놓인 칼을 넘어서는 방법에 대한 것으로 읽어도 좋을 것이다. 온 감각을 일깨우며 텍스트에 빠져들 때 진정한 사랑을 느낄 수 있으리라. 소설에는 감각 경험 없이 언어만으로는 해석되지 않는, 시적인 언어로 표현된 장면이 많이 나온다. 직접 경험해봐야 한다.

소개 글을 끝내는데 '그렇게 간단하지 않아요'라는 목소리가 다시 살아난다. 옳은 말이다. 그래도 어쩔 수 없다. 이미 데드라인을 넘겼다. 내 글의 묘비명에도 그 첫 문장을 써주시길. 언젠가 오감과 언어는 다시 무감각해질 것이다. 간절함도 무뎌지고. 내 시선으로 만든 세계는 붕괴할 것이고 사랑도 바랠 것이다. 결말은 중요하지 않다. 그 모든 운명에도 불구하고 우리는 끊임없이 시도할 것이기 때문이다. 그리고 가끔은 성공하지 않는가. 그 기억이 우리를 살릴 것이다. 이 작품에는 그 생명을 부활하게 만들 간절한 주문이 담겨 있다.

여성의 몸엔 수많은 혀가 있고 제각기 다른 말을 한다

엘렌 식수·카트린 클레망, 『새로 태어난 여성』, 1975

엘렌 식수(1937~)와 카트린 클레망(1939~)이 함께 쓴 『새로 태어난 여성』은 여성적 글쓰기의 교과서이자 페미니즘 문학을 위한 고전이다. 제목은 '그때 그곳에 있었지만 없었던 여성'이라는 의미로 해석할 수도 있다. 지난날 '있었지만 없었던 여성'의 모습은 카트린 클레망이 쓴 1부의 내용이고, 주체적으로 '새로 태어난 여성'의 모습은 엘렌 식수가 쓴 2부의 내용이다. 3부는 비슷하면서도 다른 생각을 가진 두 저자의 대담이다.

저자들은 더 이상 '있지만 없는 존재'가 되지 않으려면 여성들이 주체적 존재로서 스스로를 다시 규정하여 새로 태어나야 한다고 주장한다. 그러기 위해서 지난날 남성들에 의해 규정된 여성이라는 존재가 얼마나 '거짓된 모습'이었는지 짚어본 다음, 새로 태어날 여성의 진실된 모습은 어떤 것일지, 그 진실은 어떤 변화를 가져오게 될지 가늠해본다.

여성의 삶을 되찾으려면 글을 써야 한다

'1부 죄진 여성'은 주로 프로이트, 미슐레, 레비스트로스와 같은 서구의 남성 학자들이 쓴 저작물을 해체적으로 읽으면서 재해석하고, 그 과정에서 거짓된 모습이 어떻게 진리처럼 행세했는지 아이러니한 어법으로 보여준다. 무엇보다 그들의 텍스트는 출처부터 믿을 만하지 않고 구전 설화나 전설과 신화에 기반한 것이었다. 판타지에 버금가는 내용이 오랫동안 지속되면서 진실이 될 수 있었던 이유는 가부장제의 권력에 의해 주입되고 작동했기 때문이다. 모두에게 내면화되어 질서가 구축되면 아무리 거짓이라 해도 진실로 굳어지는 것이다.

그 내용은 충격적이다. 특히 프로이트는 여성 히스테리 환자를 연구하면서 중세의 마녀들에 대해서도 관심을 가졌다. 그는 중세의 종교재판관을 위한 마녀 식별·재판·처벌에 대한 가이드

북이었던 『마녀의 망치』(1486)에 나오는 내용을 자신의 환자들이 되풀이하고 있다는 것을 깨달았다. 프로이트는 『정신분석의 탄생』에서 이렇게 토로한다. "환자들이 정신치료를 받는 동안 말한 내용이 중세의 마녀 재판에서 고문으로 짜낸 억지 고백과 어떻게 그렇게나 닮은 것일까?"

이 말은 신경증을 치료받으러 온 환자의 상태가 마녀 재판에 끌려간 희생자와 그리 다르지 않았음을 암시한다. 마침내 그는 이런 결론에 도달한다. "나는 더 이상 나의 이론을 믿지 않는다." 환자들은 결정적인 시점에서 소식을 끊고 사라져버리곤 했다. 고문에 의한 억지 고백과 다를 바 없는 것이라면 자의로 끝까지 잘 지속되기는 불가능했을 것이다. 게다가 '욕망을 내면에 가두어야 하고 눈물을 들이마셔야 하며 외침을 목구멍 깊숙이 삼키도록' 강요당한 여성들은 전도된 형태로 자신들의 입장을 드러낼 수밖에 없었을 것이다. 그런 극단적인 상황에서 등장하는 히스테리 환자의 발작은 마녀의 신들린 모습과 비슷했다.

카트린 클레망은 마녀와 히스테리 환자의 공통점을 여러 가지로 비교하면서 이렇게 결론 내린다. '히스테리 환자는 마녀의 딸이다.' 과거의 여성들은 이런 방식이 아니면 터질 듯 과도한 긴장을 해소할 방법을 찾을 수 없었던 것이다. 오늘날에는 더 이상 그런 식의 마녀나 히스테리 환자가 없다. 그렇지만 모든 문제의 근원을 여성의 죄로 보는 시각은 아직도 상당히 남아 있다. 욕망을 가져서 죄, 갖지 않아도 죄, 냉정한 죄, 냉정하지 않아도 죄, 뜨거운 죄, 뜨겁지 않아도 죄, 지나친 모성애를 가진 죄, 충분한 모성애를 가지지 않은 죄, 자식을 둔 죄, 자식을 두지 못한 죄, 너무 많이 먹인 죄, 너무 적게 먹인 죄…… 이젠 여성을 모든 문제의 희생양으로 삼는 남성적 해석에서 탈피해야 하고 과학적인 인과관계를 찾아야 한다.

'2부 출구'는 새로 태어나기 위한 도구가 여성적 글쓰기임을 강조하는 내용이다. 남근중심주의가 규정한 위계적 이항대립 구조를 비판하면서 시작한다. 그 첫 번째가 능동성과 수동성이다. 수동적인 태도는 듣는 사람의 것이고 능동적인 태도는 말하는 사람의 것이다. 그런 의미에서 남근중심주의는 말중심주의이기도 하다. 말은 가부장, 즉 권력자의 것이었기 때문이다. 말하는 사람과 글 쓰는 사람이 주로 남성이었다면 듣는 사람이나 읽는 사람은 주로 여성이었다. 그것이 여성들의 몸조차 여성의 것이 될 수 없었던 이유다. 남성의 규정과 욕망에 맞춘 몸이 되어야 했던 것이다. 그러니 여성해방은 남성에 의해 억압된 여성의 몸과 삶을 능동적으로 파악하는 것으로 시작해야 한다. 여성의 것을 여성이 규정해야 하는 것이다. 그러기 위해서는 글을 써야 한다.

또 하나의 중요한 이유는 여성들은 남성과 달리 단선적이지 않아서 간단하게 규정할 수 없는 복잡한 존재이기 때문이다. 여성의 특성은 단순히 해부학적인 차이 때문이 아니라 성적인 쾌락을 향유하는 방식 때문에 달라진다. 남성의 성욕은 남근 중심의 해부학적 조건을 따르지만 여성은 신체 곳곳에 산재한 다양하고 광범위한 성감대를 가지고 있다. 이렇게 보면 여성에게 남근이 없다는 것은 전통적인 사고방식처럼 결핍이 아니라 중심과 주변이 구별되지 않는 무한한 우주적 존재라는 의미가 된다. 거기에는 수많은 혀가 있고 제각기 다른 말을 한다. 그러므로 여성적 글쓰기는 여성 자신의 몸을 회복하는 차원에 머무르는 것이 아니다. 글쓰기의 본질이 단선적인 담론의 파괴를 통해 다양성을 드러내는 것이라면 여성성의 회복을 통해 이항대립 구조의 권위를 깨뜨리는 거침없는 언어로 흘러넘쳐야 한다.

클라이스트 덕분에 복수의 삶을 살 수 있었다

엘렌 식수에 의하면, 이런 특성이 가장 잘 나타나기 위해서는 여성의 무의식이 드러나는 글쓰기여야 한다. 그러나 이런 식의 여성적 글쓰기는 현실 속에서 분명히 구별되는 구체적 현상이 아니다. 무엇보다 여성성에 대한 논의도 아직 시작 단계에 있다. 게다가 한 개인의 제안으로 이제 겨우 몇십 년밖에 지나지 않았다. 남근중심주의의 언어와 그 언어를 통한 인식의 역사는 적어도 2000년 이상 지속되면서 굳어진 것이다. 그 거대한 구조에 변화가 생기려면 공개적인 논의를 바탕으로 한 다양한 시도가 지속적으로 이루어져야 한다.

그렇다고 엘렌 식수가 구체적인 예를 전혀 들지 않은 것은 아니다. 그가 말하는 여성성의 회복은 남근중심주의처럼 한 성이 다른 성을 지배하는 것이 아니다. 여성이 지배적인 입장이 되려 하는 것은 '지배'라는 상황을 없애기 위한 것이다. 2부의 마무리에서 거의 40쪽에 걸쳐 그런 모습을 보여주는 작품을 자세히 소개한다. 클라이스트의 『펜테질레아』와 셰익스피어의 『안토니우스와 클레오파트라』, 플루타르코스의 『안토니우스』다.

그는 작품을 소개하기 전에 클라이스트 덕분에 살아갈 수 있었고 그에게 의지했으며, 한 여성, 한 남성이 아닌 복수複數의 삶을 위한 의지도 다질 수 있었다고 토로한다. 클라이스트는 19세기 초반의 독일 작가이고 작품의 내용은, 우리에게 『일리아스』를 통해 잘 알려진 아킬레우스와 아마존 여왕이자 여전사인 펜테질레아의 사랑 이야기다. 당연히 『일리아스』와 다른 스토리다. 그런 사랑은 픽션만이 아니라 역사에서도 찾을 수 있다. 그것이 셰익스피어가 그려낸 안토니우스와 클레오파트라의 사랑 이야기다. 20세기 프랑스 작가들 가운데에서는 콜레트, 마르그리트 뒤라스, 장 주네 정도의 작품에서만 잘 표현된 여성성을 발견할 수 있었다고 한다.

3부에는 공저한 두 작가의 대담이 실려 있다. 두 개의 장으로 이루어져 있는데, 1장은 '여성이 지배적 위치를 점하면 여성성은 어떻게 될까?'라는 질문으로 이야기를 시작한다. 어떤 식으로든 구체적인 결론을 얻기 어려운 문제다. 2장은 '견딜 수 없는 여성'의 히스테리에 관한 것이다. 히스테리가 문화적 경계선을 넘는 저항이라는 점은 두 작가 모두 인정하지만 그 효과에 대해서는 의견이 아주 다르다. 엘렌 식수는 혁명적인 역할이라고 평가하지만 클레망은 사회구조 변화에 아무런 영향을 미치지 못하는 것으로 폄하한다. 대담의 내용을 보면 서로의 의견을 굳이 좁히거나 합의점을 찾으려고 노력하지 않는다. 다양한 생각의 존재를 그대로 인정하는 것이 여성성이라는 입장을 보여주는 것이다.

끝까지 생존하겠다고 마음먹으면 세상에 균열을 낸다

마거릿 애트우드, 『시녀 이야기』, 1985

캐나다 소설가 마거릿 애트우드의 『시녀 이야기The Handmaid's Tale』는 끔찍한 디스토피아 소설이다. 민주주의 국가였던 미국이 어느 날 치밀하게 계획된 쿠데타에 의해 기독교 근본주의로 무장된 전체주의 국가인 길리아드 공화국으로 변한다. 원자력발전소가 파괴되고 방사능이 유출되어 환경 재앙이 겹친다. 출산율은 제로 수준으로 떨어진다. 그나마 태어난 아이들도 몸통이 두 개이거나 심장에 구멍이 뚫려 있거나 팔이 없거나 손발에 물갈퀴가 달려 있다.

이런 사회적 위기 상황에서 다산이 가능한 여성은 모두 사령관commander 계급의 소유가 되어 '아기 생산 도구'로 특별히 관리되며 누군가의 소유물임을 가리키는 이름을 부여받는다. 프레드 워터포드 사령관에게 배속되면 '오브of프레드'가 되는 것이다. 소설에는 오브찰스, 오브글렌, 오브워런이 등장한다. 이들은 시녀handmaid 계급이고 소설의 화자는 오브프레드다. 그들의 주요 임무는 출산이다. 그러기 위해 매달 임신 가능성이 높은 시기에 사령관과 성관계 의례를 치른다. 임신하고 출산하면 아이는 사령관 부부의 자녀로 길러지고 시녀는 다른 가정에 보내져 또다시 성관계 의례를 치러야 한다.

시녀 계급의 역할에 대한 합리화는 구약성경 「창세기」 구절들을 인용하며 여성들을 세뇌시키는 과정에서 잘 드러난다. 그런 역할을 하는 기관의 이름은 '라헬과 레아 센터'다. 라헬과 레아는 구약성경에 등장하는 야곱의 두 아내다. 라헬은 미모가 뛰어나고 야곱의 사랑을 받았지만 오랫동안 자녀를 낳지 못했고, 레아는 미모가 뛰어나지 않았으나 많은 자녀를 낳았다. 자신의 '여성적 가치'를 증명할 수 없어 고통스러웠던 라헬은 자기 시녀인 빌하를 남편 야곱에게 주어 자녀를 얻기로 결정한다. 빌하는 야곱과의 관계에서 두 아들을 낳고 이들은 라헬의 자녀로 간주된다. 이 내용은 길리아드 공화국에서 여성을 관리하는 제도를 합리화하는 종교 의례의 메시지로 쓰인다.

출산을 둘러싼 계급 다툼,
배제된 것들의 나락

길리아드 사회는 철저히 가부장적이다. 모든 여성은 남성의 소유물이다. 여성들은 출산 능력과 사회적 지위에 따라 몇 개의 계층으로 나뉘어 있다.

화자인 오브프레드가 속한 '시녀 계급'은 낮은 지위이긴 하지만, 신성한 출산이라는 매우 중요한 임무를 맡고 있다. 모두 빨간색 의상을 입고, 얼굴을 가리는 하얀색 보닛을 써야 한다. 그들은 철저한 감시와 통제 속에서 살아가며 도망치거나 저항하면 가혹한 처벌을 받는다.

시녀 위에는 '아내 계급'이 있다. 그들은 지배적 위치에 있는 남성, 특히 사령관과 같은 상류층 남성과 결혼한 여성이다. 그들의 임무는 집안일을 관리하고 시녀의 출산을 감독하는 것이다. 아내 계급은 파란색 옷을 입고 파란색 우산을 쓴다. 파랑은 순수성과 권위를 상징한다. 남편이 죽으면 검은색 의상을 입어야 한다. 아내들은 출산 문제에 아무런 권한이 없다. 불임이거나 나이가 들어 출산이 불가능해지면 시녀를 통해 아이를 얻어야 한다. 이로 인해 시녀에게 적대감과 질투심을 갖게 되고 시녀와 긴장 상태에 놓인다.

번역본에 나오는 '하녀 계급'은 영어로 마르타Marthas 계급이다. 이 역시 성경에 등장하는 자매인 마리아와 마르다의 에피소드에서 인용한 것이다. 성경 속의 마리아는 예수의 이야기를 듣고 마르다는 예수와 마리아를 위해 음식을 준비하는 등 시중을 든다. 소설에서 하녀는 출산이 불가능한 여성들로 요리, 청소, 집안 관리를 맡는다. 시녀보다 지위가 낮고 맡겨진 일 외의 영역에서는 철저하게 소외되고 통제된다. 탁한 녹색 의상을 입는다.

하위 계층 남성과 결혼한 여성들은 '이코노아내'로 최하위 계급이다. 경제적으로나 사회적으로 불안정한 위치에 있으며 가정에서 무슨 일이든 닥치는 대로 해야 한다.

여성이면서 유일하게 권력을 가진 계급은 '아주머니aunts'다. 이들은 시녀들을 세뇌시키고 감시하고 통제한다. 행정적인 역할을 위한 것이지만 유일하게 독서가 허락된 계층이며 시녀들에게 폭력을 행사할 수 있는 권력도 가지고 있다.

가장 낮은 계급은 권력층 남성의 '성 노예'로 이용되는 '제제벨'이다. 제제벨은 성경에 등장하는 최고의 악녀다. 이들은 사회적으로 배제된 존재이거나 범죄자로, 비밀스러운 제제벨 하우스에 감금되어 '성 노리개' 역할을 한다.

이런 계급 구조에서 배제된 사람들은 콜로니에 보내진다. 공동체라는 뉘앙스가 담긴 이름과 달리 사회적으로 쓸모없는 사람이나 반체제 인물들을 보내는 강제 노동 수용소 같은 곳이다. 방사능이나 독성 물질로 오염된 불모지로, 사실상 죽음에 이르게 만드는 처벌 공간이다.

틈과 금에서 생겨나는 존엄

이토록 지독하게 가부장적인 전체주의 사회에서 시녀인 오브프레드는 억압에 굴복하지 않고 저항의 가능성을 끊임없이 탐색한다. 생각이 많으면 끝까지 살아남을 확률이 줄겠지만 그래도 끝까지 살아남겠다고 결심한다. 주변을 관찰하고 녹음으로 기록을 남기면서 생각을 멈추지 않은 채 실오라기 같은 기회라도 생기면 모험을 감행한다. 그는 아무리 숨 막히는 통제 아래에 있다 해도 희망과 저항을 통해 인간의 존엄과 자유를 찾으려는 노력이 얼마나 중요한지를 보여준다.

지옥 같은 전체주의 체제 아래서도 사람이 살고 있다. 인간의 본성을 말살하는 완벽한 통제란 불가능하며, 은밀히 조직되어 활동하는 저항 세력이 없을 수 없다. 사령관 같은 최고위층 계급에 속한 이도 사람이다. 끊임없이 되풀이되는 기계적인 성관계 속에서 그들 역시 스트레스를 받고, 이를 해소하기 위해 그들에게는 진짜 사랑 또는 그 비슷한 것이 필요하다. 한 사령관은 오브프레드에게 그런 종류의 불법적인 관계를 제안하고 실행에 옮긴다. 그 덕분에 완벽한 통제의 틀에 틈이 생기고 금이 가기 시작한다.

사령관의 아내도 범법 행위를 계획한다. 아내 입장에서 보면 임신 시도를 위한 '의례'에 참여해 남편과 시녀의 성관계를 지켜보고 받아들이는 것은 괴로운 일이 아닐 수 없다. 그 횟수를 줄이려면 시녀가 빨리 임신해야 한다. 그러기 위해 아내는 시녀가 더 젊고 건강한 사령관의 운전수 닉과 성관계를 하게 만든다. 오브프레드와 닉은 '기계적인 관계'로 끝나지 않고 사랑에 빠진다. 이후 상황이 급변한다.

비인간적인 모든 사회적 적폐를 박살내는 가장 강력한 힘은 언제나 사랑이다. 사랑은 불가능해 보이는 모험을 감행하게 만드는 예측 불가능한 변수다. 오브프레드가 사랑한 닉은 저항 세력 단체인 메이데이의 일원이었다. 닉은 단체를 동원해 끔찍한 시스템의 통제에서 오브프레드를 빼낸다. 『시녀 이야기』는 여기서 끝난다.

소설에는 부록 같은 장이 하나 더 남아 있다. 제목은 '시녀 이야기의 역사적 주해'다. 내용은 2195년 6월 25일 국제역사학회 총회의 일환으로 한 대학에서 열린 '길리아드 연구학' 제12회 심포지엄의 속기록이다. 『시녀 이야기』가 어떻게 발견되어 전해졌는지를 자세히 다룬다. 애트우드는 이 이야기가 실제로 벌어진 역사라고 말하고 싶었던 것 같다. 소설이 쓰인 1979년에는 이란에서 혁명이 일어나 여성들을 길리아드 공화국 여성과 비슷한 처지로 내몰았고, 미국에서도 기독교 근본주의가 득세한 로널드 레이건 정부(1981~1989)에서 여성의 권리는 추락했다.

마지막 장을 읽어보면 '이야기tale'가 여성의 질을 가리키는 '꼬리tail'와 발음이 같다는 것을 알게 된다. 이 소설에는 이처럼 이중, 삼중의 의미를 담은 단어와 문장이 많이 나온다. 2017년에 제작되기 시작한 같은 제목의 드라마는 원작에 충실할 뿐 아니라 소설의 중요한 문장을 거의 그대로 사용한다. 비디오를 구해 본 뒤 다시 소설을 읽었다.

소설을 원작으로 한 비디오는 매우 적극적인 집단 독후감이다. 참고하지 않을 이유가 없다. 비디오 문법과 텍스트 문법의 차이를 이해한다면 비디오는 텍스트를 더 잘 읽어내는 데 큰 도움이 된다. 특히 상상하기 어려운 배경에서 일어나는 사건을 다룬 작품이라면 더 그렇다. 예를 들면 빅토르 위고(1802~1885)가 쓴 『레 미제라블Les Misérables』(1862)의 배경은 19세기 초의 프랑스 시골이다. 현대 한국인이 무슨 수로 그 배경과 맥락을 쉽게 상상할 수 있을 것인가. 2013년에 한국에 영화와 뮤지컬이 개봉되기

「핸드메이즈 테일」, 2017~

전에는 평균 500쪽 정도의 다섯 권짜리 『레 미제라블』을 제대로 읽어낸 사람이 매우 적었다. 그러나 고증이 잘된 비디오 작품이 대대적으로 성공한 뒤 잠시 동안이었지만 한국어판 『레 미제라블』의 판매가 폭발적이었던 것으로 기억한다. 나도 그 뒤 '다시' 읽었고, 텍스트의 의미를 깊이 새길 수 있었다.

사족 같지만 덧붙이지 않을 수 없다. 이 소설은 발표되면서부터 당연히 대단한 찬사를 받았으며 권위 있는 상을 많이 받았다.

비논리적 비판과 의도된 오역의 수난에서 살아남다

시몬 드 보부아르, 『제2의 성』, 1949

프랑스 철학자 시몬 드 보부아르(1908~1986)가 쓴 『제2의 성』은 1949년 프랑스어판 출간 2주 만에 2만2000권이 판매될 정도로 엄청난 반향을 일으켰다. 그러나 정치적 좌우 진영을 막론하고 지식인들의 비판이 만만치 않았다. 당시 책 리뷰를 조사한 자료를 보면 35개 중 23개가 부정적이었다. 저자와 가까운 관계였던 노벨문학상 수상 작가 알베르 카뮈도 "프랑스 남자를 망신시켰다"며 격노했다. 이런 식의 비판은 그답지 않다. 논리에 비논리로 대응했으니 그 자체로 '프랑스 남자'의 잘못을 100퍼센트 인정한 꼴이다. 이 책에 대한 당시의 비판 중에는 새길 만한 내용이 없다. 가부장 세계에서 안주하던 사람들이 자신의 특권이 훼손될지 모른다는 두려움을 표현한 것일 뿐이다.

당시 '프랑스 남자'들은 백과사전적인 자료를 제시하며 가부장제의 부당성을 증명하는 보부아르의 논리에 제대로 반박하지 못했다. 『제2의 성』을 꼼꼼히 읽어보면 딱히 페미니즘을 주장하는 내용 같지도 않다. 생물학, 신학, 사회학, 인류학, 심리학을 아우르는 광범위한 연구 성과들을 바탕으로 가부장제 시스템이 여성을 어떻게 억압하는지, 그에 대한 여성들의 반응은 얼마나 다양한지 아주 잘 보여줄 뿐이다. 그랬으니 보부아르가 굳이 전투적인 어법을 쓸 필요가 없었던 것인지도 모른다.

이 저작물에 대한 가부장제 세계의 대응 방식은 치사한 데가 있었다. 스페인에서는 검열의 대상이 됐고 가톨릭교계에서는 금서로 지정했다. 40여 개의 언어로 번역됐다고 하지만 제대로 된 번역본은 드물었다. 당황스러울 정도의 오역이 수두룩했고 책 내용을 뭉텅이로 빼기도 했으며 아예 발췌본으로 발간하기도 했다.

의도된 오역,
60년 만에 재번역된 수난

가장 많은 독자를 가진 영어판 번역을 생물학자가 맡았다는 것도 이상한 일이다. 그는 본문의 10퍼센트 조금 넘은 분량을 저자와의 상의도 없이 삭제했고 남성 입장이 담긴 단어를 교묘하게 사용함으로써 뉘앙스의 폭력으로 '오역'을 감행했으며 실존주의 철학의 함의도 가능한 한 축소했다.

오역으로 가장 자주 언급되는 문단은 다음과 같다. 먼저 한국어로 번역된 내용을 보자.(이는 나의 번역으로, 잘 소통되기를 바라는 의도를 담아 어느 정도 의역을 감행했다.)

> 성행위는 여자를 남자에게 예속시키는 경향이 있다. 모든 동물과 마찬가지로 남자가 공격적 역할을 하고 여자는 감내해야 한다. 여자는 대상으로서 언제나 가능하지만 남자는 발기되었을 때 할 수 있다. 처녀막보다 더 강하게 성기를 밀봉하는 질경련처럼 아예 삽입을 거부하는 강력한 신체적 저항이 일어나는 경우가 아니면 언제든 남자가 원할 때는 섹스가 가능한 것이다. 그러나 질경련이 온다 해도 남자는 완력으로 여자의 몸을 통제하여 여전히 자기 욕망을 충족할

방법이 남아 있다.

여기에 담긴 의미는 남녀의 성행위가 평등하지 않다는 점을 강조하고, 여성이 설사 극단적으로 거부한다 해도 거부할 수 없도록 만들 수 있는 사회구조적이고 폭력적인 방법이 남아 있다는 것이다. 이런 상황의 묘사는 가부장제 속에서의 성행위가 어느 정도는 강간이었던 이유를 설명하는 것이다. 영어 번역의 문제는 성행위에서 여성은 남성의 소유물처럼 사용된다는 뉘앙스를 더 강하게 하고, 강력한 신체적 저항과 같은 여성의 주체적 반항을 가벼운 '거부' 정도의 단어로 표현했으며, 남자가 권력으로 성취할 수 있는 욕망을 자연스러운 생리 현상으로 해석될 소지가 있는 '욕구'로 바꾸었다는 데 있다.

가장 유명한 문장은, '우리는 여자로 태어나는 것이 아니라 여자로 만들어지는 것이다'이다. 글자 그대로 직역하면 '여자가 되는 것이다'이지만, 문법 구조의 함의에 따르면 사회적인 힘이 여자로 만든다는 뜻이다. 그러나 영어판에서는 태어나고 자라서 저절로 성인 여자가 된다는 듯한 느낌을 살짝 담은 문장으로 번역되었다.

철학적 함의도 가능한 한 축소했다. 예를 들어 실존주의 개념인 존재적 불안을 그냥 불안이라고 번역하거나 주체적인 여성

해방을 수동적인 여성 해방으로 해석되는 단어를 사용하는 식이었다. 그 해방emancipation은 노예 해방에서 사용되는 해방이다.

좀더 자세한 내용을 짚어보고 싶다면 『런던 북 리뷰』에 쓴 토릴 모이의 「간통하는 아내」*를 참조하길 권한다. 미국의 『뉴욕타임스』에서도 번역자의 프랑스어 수준이 대학 학부생 정도밖에 되지 않아 번역이 엉망이라고 질타했다. 그래도 소용없었다. 메이저 출판사인 앨프리드 A. 크노프에서 그런 식으로 번역 출판했다는 것도 납득하기 어렵다. 참다못한 저자가 1985년에 재번역을 요구했지만 이뤄지지 않았다. 2009년이 돼서야 페미니즘 연구자들에 의해 새로이 번역돼 재출간됐다. 한국어판이 제대로 완역된 것도 2021년에 이르러서다. 『제2의 성』은 오래전에 쓰였지만 현대의 책인 셈이다.

이런 상황에서도 책은 수백만 부가 판매됐고 페미니즘의 고전으로 자리 잡았다. 전투적인 페미니즘의 고전인 『여성성의 신화』(베티 프리단, 1963)와 『성 정치학』(케이트 밀렛, 1969)에 큰 영향을 미쳤을 뿐 아니라 20세기 후반의 페미니즘 운동에 결정적인

* Toril Moi, The Adulteress Wife, *London Review of Books*, Vol. 32 No. 3·11 February 2010, https://www.lrb.co.uk/the-paper/v32/n03/toril-moi/the-adulteress-wife.

역할을 했다는 평가는 매우 흥미롭다. 변화의 도도한 흐름은 그 누구도 막을 수 없었던 것이다.

고대와 16세기, 19세기의 변곡점
안목이 좁은 사람에서 완전한 인간이 되기까지

이 저작물이 본격적으로 분석되고 재평가되기 시작한 것은 1990년대 말이었다. 원래 두 권으로 출간됐는데 제1권의 제목은 '사실과 신화'다. 그 내용은 운명, 역사, 신화라는 3부의 제목에서 짐작할 수 있듯이 비교적 이론적이다. 그러나 제2권은 제목부터가 '생생한 체험lived experience'이다.

1권은 3부로 나뉘어 있다. 1부에서는 생물학, 정신분석학, 역사적 유물론에서 말하는 여성성이 어떤 것인지 설명하고 그 논리적 파탄을 조목조목 짚어낸다. 이후 모든 내용이 그렇지만 페미니즘을 주장하기 위해 단편적인 논거를 제시하는 수준을 넘어선다. 여성에게 유리한 자료만 선별하지 않았기 때문에 공평한 지식에 대한 좋은 공부 자료가 된다.

2부는 역사를 다룬다. 여성이 불리한 입장에서 출발할 수밖에 없었던 것은 시도 때도 없는 임신과 피할 수 없는 육아 부담 때문이었다. 남성의 도움 없이 여성은 위험에 노출될 수밖에 없었고 종의 연속성을 보장받을 수 없었다. 이런 상황에서 사유재산제도가 자리 잡으면서 여성은 쾌락의 도구이거나 아이를 생산하는 남자의 재산으로 여겨졌다.

이후 기술이 발달하고 잉여생산물이 많아지면서 여성의 입장이 조금씩 나아지기는 했지만 오랫동안 지속된 불평등한 관계는 거의 개선되지 않았다. 고대 이후에는 기독교 이데올로기가 여성 억압에 적지 않은 역할을 했다. "여성이 남성을 낳은 것이 아니라 여성이 남성의 갈비뼈로 '만들어졌다'"고 억지를 부렸다. 여성은 남성을 위해 만들어진 존재라는 것이다.

르네상스 시기에 이르러 반전이 시작됐다. 16세기경부터 예술 분야를 중심으로 뛰어난 여성들이 등장했다. 여성도 남성만큼 뛰어난 창조성을 발휘할 수 있음을 보여주었던 것이다. 대부분은 재산이 많은 귀족계급 출신이거나 딸의 교육에 열성적인 아버지가 있었기 때문에 가능했다. 이런 사실은 이른바 '부족한 여성'에게는 단지 교육 기회가 없었을 뿐임을 말해준다. 가부장제가 여성들을 부엌에 가둬놓고 안목이 좁다며 비난했던 것이다.

그 사실을 인정하는 남성들도 나타나기 시작했다. 19세기에도 여전히 대부분의 남성이 여성을 깔보거나 낮춰보았지만 소설가 스탕달과 시인 랭보는 확연히 달랐다. 『제2의 성』 3부는 랭보의 말로 끝맺는다. "지금까지 가증스러웠던 남성들이 동의하여 여성의 속박이 풀리기만 한다면 여성은 자신을 위한 삶을 살게 될 것이고" 그때 완전한 한 인간이 될 것이다.

2권의 제목으로 쓰인 '생생한 체험'은 현상학의 영향을 받은 실존주의 용어다. 어떤 존재든 고정된 불변의 속성을 가진 것이 아니라 상황에 맞춰 반응하고 변화한다. 문제가 있다면 해결 방안을 찾아 변하면 되는 것이다. 2권의 차례는 1부 형성, 2부 상황, 3부 정당화(반응)다.

1부에서는 '여성으로 태어나는 것이 아니라 여자가 되는' 과정을 다룬다. 어린 시절부터 이른바 '처녀'여야 했던 여성의 성생활 입문 단계를 밝히면서, 대부분의 여성이 불감증이 되는 이유를 자세히 설명한다. 내용은 충격적이다. 여성의 첫 경험은 사실상 강간이다. 결혼 바깥에서보다 결혼 안에서 훨씬 더 많은 강간이 이루어진다. 결혼관계가 불평등하기 때문에 여성은 불감증이 되곤 하며, 그 불감증은 심리적인 것이기 때문에 혼외 애인을 통해 해소된다. 그래서 "결혼은 당연히 간통으로 보완된다. 그것이 여성을 옭아매고 있는 가정의 노예 상태에 대한 여성의 유일한 방어책"이라는 것이다. '생생한 체험'에서는 전반적으로 성생활과 관련된 문제를 적나라하게 다룬다. 여성의 성적 자율성을 주장하는 혁신적 관점은 전통적인 도덕규범을 파괴하는 음란한 책이라는 비난을 받는 빌미가 되었다.

2부에서는 결혼생활과 어머니가 된 이후 여성의 삶을 다루는데 역시 충격적인 부분이 많다. 예를 들어 억압받으며 주체적인 삶을 살아갈 수 없는 여성에게 아이들은 사랑의 대용품으로 사용된다는 것이다. 그래서 억압받는 어머니에게 아이를 맡기는 것은 더없이 해롭다. 그것은 '살과 뼈로 된 장난감 인형'을 쥐여 주는 꼴이다. 그러고 보니 오늘날에도 우리 주변에서 흔히 볼 수 있는 풍경이 아닌가. 3부에서는 이런 상황에서 여성들이 어떻게 자신의 행동을 정당화하는가를 다룬다. 종교의 광신도가 되거나 신비주의자가 되기도 한다.

여성이 자율적이어야 남성에게도 이익이다

나는 이 '생생한 체험'을 읽으면서 그동안 혼란스러웠던 여성의 행동에 대한 궁금증을 대부분 해소할 수 있었다. 가부장제적인 섹스가 어느 정도는 강간이기 때문에 생기는 문제와 여자들은 지금도 사회적으로 주입된 가사노동에서 완전히 벗어나기 어렵고 스스로 무엇인가 되기라는 운명과 심각한 갈등을 겪는다.

거기에 적응하는 방식은 당연히 남성과 아주 다를 수밖에 없다. 그러니 사회적인 억압의 불평등 구조가 여전히 많이 남아 있다면 여자들을 대하는 남자의 태도가 달라져야 하는 것이다.

그러나 저자가 끊임없이 강조하듯이 언제나 문제를 일으키는 주범은 무지와 잘못된 지식이다. 인간의 성생활과 관련된 지식은 지금도 충분하지 못하며 오해가 많아 문제를 일으킨다. 가장 큰 이유는 가부장제가 여성을 억압하기 위해 만들어낸 잘못된 '지식'이기 때문이다.

결론에 이르러 책은 여성을 이런 식으로 억압해 자기 삶의 주체가 될 수 없게 만들면 그게 정말 남성에게 좋은 일인지 묻는다. 오만한 남성과 해방된 여성, 독립을 원하면서도 수동적으로 기생하기 위해 사용되는 낡은 특권을 지속시키려는 여성 모두를 비난하며 서로가 서로에게 주체이자 객체가 되어야 한다고 주장한다. 남성과 여성이 자신을 동등하게 보지 않는 한, 남성이 여성을 신비화하여 자신의 불행을 잊게 만드는 한, 여성을 자신의 운명에 대한 공범자로 만드는 한 심각한 갈등은 끝나지 않을 것이다. 평등한 상황에서 여성이 자율성을 가지면 남성에게도 이익이다. 그 변화는 집단적이어야 하고 특히 진실한 성교육과 평등한 사회 참여의 기회를 제공해야 한다.

언론의 폭력성이 만들어낸 수작

하인리히 뵐, 『카타리나 블룸의 잃어버린 명예』, 1974

『카타리나 블룸의 잃어버린 명예』는 위험한 소설이다. 당대의 한 유명한 정보학자는 테러리스트 소설이라고 규정했다. 물론 작가인 하인리히 뵐은 그런 평가를 거부했다. 작품에는 테러리스트가 한 명도 나오지 않기 때문이다. 다만 혐의를 받는 사람이 등장한다. 그러나 혐의는 혐의일 뿐 사실이 아니다. 이 소설은 부제가 말하듯이 '폭력은 어떻게 발생하고 어떤 결과를 가져올 수 있는가'에 대한 이야기다. 작가는 이 작품을 황색언론의 폭력에 대한 자신의 정치적 소신을 드러내는 팸플릿으로 규정한다. 공격 대상은 명확하다. 제사에서 이렇게 포문을 연다.

"이 이야기에 나오는 인물이나 사건은 자유로이 꾸며낸 것이다. 저널리즘의 실제 묘사 중에 '빌트' 지와 유사점이 있다고 해도 그것은 의도한 바도, 우연의 산물도 아닌, 그저 불가피한 일일 뿐이다."

독일 일간지 『빌트』를 굳이 들먹이며 아니라고 말하면서 바로 그것이라고 못 박는 어법이다. 『빌트』 측에서 명예훼손으로 고소할 가능성에 대한 방어 장치이면서 1971년 이래 작가와 『빌트』 사이에 있었던 공방전의 결정판이었던 것이다. 작가가 이렇게까지 할 수 있었던 것은 1972년에 노벨문학상을 받았기 때문인지도 모른다. 독일 문학으로서는 토마스 만 이후 43년 만의 큰 경사였다.

그들의 악연은 68 학생운동 시절로 거슬러 올라간다. 1966년 독일에서는 나치당원이었던 쿠르트 게오르크 키징거가 독일 연방 수상이 된 뒤 비상계엄법을 통과시켜 극렬한 저항을 불러일으켰다. 시위에 참여했던 학생이 경찰의 총에 맞아 사망하는 일도 벌어졌다. 그런 폭력적인 체제에 저항하기 위해서는 폭력을 사용하지 않을 수 없다고 주장하는 세력도 등장했다. 그로 인해 개혁을 요구하는 학생 모두가 정부 기관지 같은 언론에 의해 폭도로 규정되며 비난의 대상이 되었다. 그런 역할은 발행 부수가 가장 많았던 『빌트』가 포함된 슈프링거 계열(악셀 슈프링거는 독일의 신문 발행인이자 출판업자로 1968년 서독 신문의 40퍼센트를 지배했다)의 언론이 도맡았다.

하인리히 뵐은 1971년에 시사주간지 『슈피겔』을 통해 『빌트』를 공개적으로 비판하기 시작했다. 선정적이고 과장된 황색언론 기사가 대중의 공포와 편견을 조장할 뿐 아니라 사회 불안을 야기하고 개인의 명예를 훼손한다는 주장이었다. 1972년에도 뵐은 『빌트』가 강도 사건 중에 일어난 살인을 아무 근거 없이 적군파의 소행으로 몰아세우며 정치적으로 이용했다고 비난했다. 그러나 뵐은 『슈피겔』에 실린 글을 테러리즘에 대한 옹호로 오해한 보수적인 독자들에 의해 엄청난 공격을 받았다. 『빌트』 역시 그런 오해를 부추기는 비난 기사들로 맹공을 가했다. 그 결과 뵐과 그의 가족들은 익명의 편지나 전화로 욕설 및 협박에 시달렸고, 몇 주 동안 집 밖으로 나가지 못했다. 그런 분위기는 소설에서도 그대로 재연된다.

하룻밤의 관계로 공범이 되다

『카타리나 블룸의 잃어버린 명예』는 『슈피겔』에 연재된 뒤 단행본으로 출간되었다. 모티브는 하노버 공대 심리학과 교수였던 페테르 브뤼크너 사건이었다. 그는 적군파들에게 숙식을 제공했다는 혐의로 수색을 받았고 당시 황색언론들은 그 내용을 과장해 선정적으로 보도했다. 그래서 해직되었다가 무혐의를 받고 복직했다.

하인리히 뵐은 소설의 주인공으로 좀더 낮은 계층이지만 영리하고 근면한 가정관리사인 젊고 아름다운 여성을 선택했다. 27세의 이혼녀인 카타리나 블룸. 성실하게 일하면서 검소한 삶을 꾸려온 덕에 작은 아파트를 소유했다.

그는 어느 날 대모인 불터스하임의 댄스 파티에 초대받았는데 그런 일은 드물었다. 그날따라 혹시 술을 마실지도 모른다는 생각에 차를 두고 전철을 타고 갔다. 거기서 루트비히 괴텐을 만나 첫눈에 사랑에 빠진다. 주변 사람들은 이혼한 뒤 '수녀'처럼 살던 사람이 파티 내내 그 남자하고만 춤을 추었다는 사실에 놀란다. 파티가 끝난 뒤에는 그 남자의 차인 포르셰를 타고 자기 집으로 간다. 카타리나가 몰랐던 것은 괴텐이 경찰의 감시를 받고 있었다는 사실이다. 그는 오랫동안 수배 중인 범죄자로 강도와 살인, 테러 혐의까지 받고 있었다.

이튿날 아침 10시 30분쯤 아파트에서 괴텐이 나오지 않자 뭔가 잘못되었다고 판단한 수사 책임자 바이츠메네는 부하들과 함께 아파트를 덮쳤다. 그러나 괴텐은 사라진 뒤였다. 경찰은 아파트 출입구를 철저히 감시했기 때문에 숨겨진 비상구가 있다고 판단할 수밖에 없었다. 카타리나의 도움을 받아 탈출한 것이다. 그렇다면 카타리나는 괴텐의 공범일 가능성이 크다. 그래서 경찰서로 호송되어 심문을 받아야 했다.

황색언론의 역할은 여기서부터 시작된다. 아파트 로비에는 주민들이 나와 있었고 신문사 사진기자는 기다렸다는 듯이 카메라 플래시 세례를 퍼부었다. 심문과정에서는 카타리나 블룸이 어떤 사람인지가 자세히 기술된다. 어린 시절, 결혼생활, 이혼하고 독립한 과정, 누구와 일했는지, 누구에게 어떤 도움을 받았는지 등이 밝혀진다. 이런 내용은 카타리나가 괴텐의 공범일 가능성을 판단하기 위한 배경 자료다.

줄거리는 아무것도 아니다

심문 시간이 길어진 것은 수사관들 때문이 아니라 카타리나의 섬세함 때문이었다. 자신의 진술이 기록된 진술서를 놀라울 정도로 꼼꼼하게 검토하면서 낱말의 뉘앙스를 점검하고 적절치 않은 단어는 고쳐 쓰기를 고집했다. '남자들이 다정하게 대했다'는 문장에서 그건 치근거린 것이니 고치지 않으면 절대 서명하지 않겠다는 식이었다. 카타리나의 성격은 주변인들의 증언에서도 잘 드러난다. 그러나 문제는 경찰의 심문이 아니었다. 거기서 나온 이야기는 거의 전부 한 언론사 기자에게 전달되고 그 기자가 카타리나와 관련된 사람들을 쫓아다니며 취재하기 시작한 것이다.

기사는 선정적이며 자극적으로 왜곡된 내용이었다. 예를 들어 카타리나와 가장 가까운 사람인 블로르나는 그가 "매우 영리하고 이성적이다"라고 말했지만 기사에서는 "얼음처럼 차갑고 계산적이다"로 둔갑됐다. 그 기자의 이름은 퇴트게스였다. 그는 카타리나의 어머니와 전남편까지 찾아다니며 카타리나가 괴텐과 같은 범죄자가 될 수밖에 없는 배경을 조작해나갔다. 어머니는 기자와 접촉한 뒤 죽었고, 카타리나는 난생처음 소리 내어 슬피 울었지만 신문 기사에는 '어머니의 죽음 앞에서도 눈물 한 방울 흘리지 않는 극도의 변태'로 묘사된다. 극단적으로 왜곡된 기사들로 인해 익명의 전화와 편지로 협박에 시달리는 며칠을 보낸 뒤 카타리나는 그 기자에게 단독 인터뷰를 제안한다.

기자는 약속 시간보다 15분 늦게 나타나 엉망진창으로 변한 아파트에 들어서면서 야한 농담을 던졌다. "나의 귀여운 블룸 양, 우리 일단 섹스나 한탕 하는 게 어떨까?" 그 말을 듣는 순간 카타리나는 권총을 꺼내 여러 발 쏘았다. 카타리나는 왜곡된 신문 기사의 폭력에 복수할 계획이었기 때문에 권총을 준비했을 것이다. 그러나 기자의 말투가 달랐다면 실행하지 않았을지도 모른다. 결국 그의 말이 죽음을 부른 것이다. 소설의 중요한 줄거리는 이런 정도다.

문학을 즐기는 독자라면 줄거리가 아무것도 아님을 잘 알 것이다. 어떤 맥락에 담긴 줄거리가 어떤 이야기 구조 속에서 어떤 텍스트로 표현되느냐가 중요하다. 사소한 일상에 자신의 일생이 담겨 있는 것처럼, 사소해 보이는 문장 하나하나에 작품의 가치가 담겨 있다.

이 작품은 1970년대 서독의 정치적 불안과 언론의 폭력성이 만들어낸 시대의 산물이다. 학생운동의 여파, 적군파 테러리즘, 그리고 보수 정치의 강화 속에서 개인의 자유와 명예가 어떻게 국가와 언론의 도구로 희생되었는지 보여준다. 이러한 역사적 맥락을 알고 읽으면, 카타리나 블룸의 침묵과 분노, 그리고 마지막 총성까지 모든 순간이 더 날카롭게 다가올 것이다. 여기에서도 주요 등장인물들의 이름은 소설 속의 운명과 잘 어울린다. 카타리나 블룸은 순결한 꽃이라는 의미이고, 루트비히 괴텐은 신의 전사이며 베르너 퇴트게스는 군대의 보호자이자 죽음을 부르는 자다. 이름의 의미를 알고 읽으면 문맥을 훨씬 더 잘 이해할 수 있다.

「카타리나 블룸의 잃어버린 명예」, 폴커 슐렌도르프 · 마가레테 폰 트로타 연출, 1975

이 소설은 출간되자마자 베스트셀러가 되었다. 학생들뿐만 아니라 기자들도 읽어야 할 필독서로 자주 선정되었고 노벨문학상 작가의 작품 가운데 가장 잘 알려진 소설로 언급되기도 한다. 출간 이듬해에는 영화로도 제작되었다. 조명이나 특수효과를 거의 사용하지 않은 다큐멘터리 스타일인데 원작의 분위기를 충실하게 재현하기 위해서였다. 흥행에도 성공했다. 이는 당시 옛 서독의 정치적 긴장과 언론의 역할에 대중의 관심이 매우 컸음을 말해주는 것이다.

진실을 맞닥뜨리려 하면 죽는다

알베르 카뮈, 『이방인』, 1942

알베르 카뮈의 『이방인』을 처음 읽으면 도대체 무슨 이야기인지 이해하기가 어렵다. 짧은 소설이지만 빨리 읽을 수 없다. 간결한 문장은 아름답고 명료하나 겉으로 드러나는 현상에 대한 절제된 묘사 때문에 맥락을 충분히 파악하기가 쉽지 않다. 프랑스 사상가 장폴 사르트르의 표현을 빌리면, 이 소설의 문장은 하나하나 모두 섬 같은 데가 있기 때문이다. 카뮈가 의도한 스타일이다. 그는 '작가 수첩'에 이렇게 썼다. "진정한 예술작품이라면 절제된 문장에 눈부신 광채를 내뿜는 다이아몬드처럼 풍부한 암시를 담고 있어야 한다." 그 빛을 제대로 느끼려면 절제된 문장이 드러내는 뉘앙스를 잘 이해해야 한다.

예를 들면 이런 것이다. 작품의 그 유명한 첫 문장은 "오늘 엄마가 죽었다"이다. 오래된 번역본에서는 "오늘 어머니가 세상을 떠났다/돌아가셨다"라고 옮겼다. 이것은 오역이다. 프랑스어 원문을 보면, 어머니mère가 아니라 아이들 말투인 엄마maman이고 '돌아가셨다'거나 '세상을 떠나셨다'와 같이 격식을 갖춘 단어가 아니라 무덤덤하게 쓰는 일상어인 '죽었다morte'이기 때문이다. 이런 뉘앙스를 이해하는 것은 이 소설의 화자인 주인공 뫼르소의 심리를 파악하는 데 중요한 실마리를 제공한다.

현대 언어로 번역한 새로운 판본의 힘

한국어 번역본을 읽는 우리 입장에서는 이런 식으로 읽어내기가 어렵다. 그래서 나는 한때 독서 토론을 준비하면서 여러 종의 번역본을 참고하며 내용을 파악했다. 다양한 번역을 통해 뉘앙스를 이해하려 했던 것이다. 두 가지 때문에 그것이 가능했다. 우선 이 작품은 짧은 장편소설이다. 150페이지가 안 된다. 책값이 싸고 분량도 많지 않다. 그리고 작가의 사후 70년이 지난 2011년 이후 판권이 해제되면서 많은 전공자가 다양한 번역본을 내놓았다.

요즘은 프랑스어 원문과 영어 번역판도 참고하는 추세다. 프랑스어 텍스트는 구텐베르크 프로젝트에서 무료로 볼 수 있고 최신 영어 번역판 역시 전자책으로 쉽게 구할 수 있다. 프랑스어를 모른다 해도 인공지능AI 프로그램과 사전의 도움을 받으면 상당히 잘 파악할 수 있다. 참고할 만한 『이방인』 연구 논문도 아주 많다. 영국의 한 평론가는 이 작품을 제대로 이해하려면 작품 분량만큼의 해설이 필요할 것이라고 말했다.

참고로 영어 판본의 초기 번역은 너무 친절한 해석으로 평가된다. 카뮈의 스타일과 닮지 않았을 뿐 아니라 오역도 많았다. 이후 여러 번 재번역되었는데, 제목은 '스트레인저The Stranger'와 '아웃사이더The Outsider' 두 가지다.

나는 이 소설을 잘 이해하기 위해 한국어 번역본 다섯 종, 영어 번역본 두 종과 프랑스어 원문을 참고하며 읽었다. 이런 식의 독서과정을 설명하면 '그렇게까지 해야 하느냐?'는 질문을 자주 받는다. 당연하다. 무엇보다 이 작품은 1942년에 발표된 이래 101개 언어로 번역되었으며 판매량이 수천만 부를 넘어섰을 것이다. 2011년에 확인된 기록에 의하면 프랑스어판 판매량은 700만 부가 넘었고 당시 일본어판 판매량 역시 400만 부가 넘었다. 영어판이나 한국어판도 엄청난 부수가 판매됐을 것이다. 『이방인』은 노벨문학상을 받은 카뮈의 가장 중요한 작품이다. 또한 이렇게 많은 사람이 읽고 연구한다는 것은 그 자체로 공유해야 할 중요한 현상이다. 그런 『이방인』을 잘 이해하기 위해서는 다양한 번역본을 참고하며 읽는 것이 최선이다.

번역본은 믿을 만한 출판사에서 출간된 최신 버전을 읽는 것이 중요하다. 그런 의미에서 2020년 을유문화사에서 출간된 김진하 번역본을 권한다. 작품 배경과 함께 프랑스어의 뉘앙스를 설명하는 많은 주석이 작품을 이해하는 데 크게 도움이 될 것이다. 김화영이 2019년에 다시 번역해 내놓은 민음사 개역판의 작품 해설도 읽어보는 것이 좋다. 카뮈 전문가의 자세한 해설은 어디에서도 찾아보기 어려운 내용이다. 물론 어떤 글이든 그것은 작가의 '의견'이다. 미심쩍은 부분은 프랑스어 판본과 영어 판본을 참고하며 확인해야 한다. 최신 영어 판본으로는 산드라 스미스가 번역해 2012년 펭귄에서 출간한 『아웃사이더』를 권한다. 김진하와 산드라 스미스, 심지어 김화영도 이구동성으로 이렇게 말한다. 현대인을 위해 현대의 언어로 새롭게 번역된 고전작품을 읽어야 한다고.

삶을 손쉬운 것으로 만들고 싶지 않다

소설은 2부로 구성돼 있다. 1부는 주인공 뫼르소 엄마의 장례식에서 시작해 예기치 않게 권총으로 아랍인을 살해하는 데서 끝난다. 2부는 주인공이 살인자로 체포되고 재판받는 과정이다. 거울 이미지를 보는 것처럼 1부와 2부의 길이가 거의 같다. 소설은 무엇보다 죽음으로 연결된다. 엄마의 죽음에서 시작해 권총으로 아랍인을 죽이고 주인공의 사형 집행일 전날에 마감된다.

이야기 전체는 재판 분위기에 휩싸여 있다. 뫼르소는 엄마의 장례식이라는 격식을 갖춘 공간에서 엄마의 양로원 동료들과 함께 하룻밤을 지내게 된다. 그는 그곳에서 내비쳐야 할 슬픈 표정과 같은 역할 연기를 제대로 해내지 못할 뿐 아니라 카페오레를 마시거나 담배를 피우는 등의 잘못을 저지른다. 블랙커피는 밤을 새우기 위한 음료이지만 카페오레는 욕구를 만족시키기 위한 것이다. 입관된 엄마를 보고 싶지 않느냐는 질문에 그저 "예"라고 대답하고 엄마 나이를 묻는 질문에도 제대로 답하지 못했으며 울지도 않았다. 함께 밤을 새우기 위해 모인 엄마의 친구들이 맞은편에 앉자, 뫼르소는 그들이 자신을 재판하기 위해 거기에 왔다는 인상을 받는다.

Page 8 Eastern News Fri., Oct. 3, 1969

Year's first production

'The Stranger' plays this weekend

by Jay Trost

Absorbed in their own conversation and experiences during a rehearsal break and creating an appropriate state of ordered confusion, the cast of "The Stranger," tonight's dramatic endeavor by Chamber Theatre, unknowingly displayed the essence of existential thought as captured by Albert Camus.

Here and there smiles were exchanged, cigarettes were lighted and laughter could be heard as the cast prepared to move onstage. However, it was uniquely interesting to watch these elements mix with an exact perfectness.

They melted together to form the basis for a group effort that will provide a significant, moreover, stimulating revelation of life.

ONCE ON stage, the viewer immediately senses usual factors that combine to make this a most exciting production. The characters present a vivid portrayal of the rawness of life.

Evan Mannakee, director of the play, initiated the use of a dual role for the part of Mersault, the main character. Not only was the character of Mersault divided so that he could narrate and participate, but also to comment on himself and share in his world.

MANNAKEE stated that Mersault's concern for life and others ranges from "genuine politeness" to "isolation," and this is increased by both of himselves. For Mersault, "All action is action, and life is living," added Mannakee.

The mood of the setting for this production can best be described as stark and barren. Indeed the bleakness of the stage exemplifies a definite contrast between the total objectivity of matter and the sometimes passive yet more frequently pulsating expressions of Mersault's being.

Unappealing and verging on ugliness, the costuming is characteristic of existential philosophy. Commenting on her costume design, Giva McBride said, "The people are not appealing; they are not pink and blue." Mrs. McBride stressed the fact that within the costumes are realistic elements, a cop would hold a billy club, but they are not totals.

IN "THE Stranger," Mersault realizes the meaninglessness of life, "the tender indifference of the world." Accordingly, tonight's Chamber Theatre production will expose the essence of existential thought.

Performances will be at 8 p.m. tonight and Saturday. On Sunday there will be a performance at 2 p.m. Tickets may be purchased through today at the box office from 1 p.m. to 5 p.m. For students of Eastern with an ID card ... cents. Adult...

Photo By Steve Williams

"The Stranger," an existentialist play by Albert Camus, is the first major production ofthe season by the Chamber Theatre.

1969년 에반 마너키 연출의 「이방인」 연극이 보도된 지면 이후 뫼르소는 훗날 문제가 될 만한 행동을 한다. 바로 이튿날 옛 사무실 동료였던 여성을 만나 정사를 벌이고 코미디 영화를 보러 간다. 같은 건물에 사는 포주인 남자와 어울려 단짝이 되고 함께 해수욕을 갔다가 아랍인들과 패싸움을 벌인다. 뫼르소는 포주의 권총을 가지고 있었다. 싸움이 일단락된 뒤 혼자 산책을 나가는데 하필 싸웠던 아랍인 중 한 명을 만난다. 아랍인이 칼을 꺼내 들자 뫼르소는 눈부신 햇살 때문에 판단이 흐려진 상태에서 총을 쏜다.

정말 이해하기 힘든 것은 그다음 장면이다. 쓰러진 사람을 향해 뫼르소는 다시 네 발을 더 발사한다. 이후 재판과정에서 정상참작 없이 사형이 선고된 것은 추가로 발사된 네 발 때문이었을 것이다. 여기까지는 뫼르소가 자유의지로 자신의 감각적 판단에 따라 관계를 선택하고 행동하는 모습이다.

2부에서 뫼르소는 재판을 받는 과정에서 자신의 자유의지와 판단은 아무 의미가 없는, 완전히 수동적인 상태에 놓인다. 이방인이 되는 것이다. 그 이방인은 살인 사건 때문이 아니라 사회적인 관습, 그러니까 엄마의 장례식에서 보여야 할 태도를 보이지 않은 죄로 재판을 받는 것으로 보인다. 그러나 뫼르소는 좀더 좋은 판결을 받기 위해 거짓말이나 연기를 할 생각이 조금도 없다. 사형 선고는 예고된 것이었다.

카뮈는 이 작품을 통해 다음과 같은 말을 하고 싶었다고 한다. "우리 사회에서 자기 어머니의 장례식에서 울지 않은 사람은 누구나 사형 선고를 받을 위험이 있다. 이 책의 주인공은 그런 사회적인 유희에 참가하고 싶지 않았기 때문에 유죄 선고를 받는다. 뫼르소는 자신의 삶을 손쉬운 것으로 만들기 위해 거짓말을 하고 감정을 숨길 생각이 조금도 없다. 그런 태도는 사회구조를 위협하는 것으로 느끼게 만든다. 사람들은 관례대로 공식에 따라 적응하고 행동하기를 요구하는 것이다. 이 소설에서 그 어떤 영웅적인 태도를 취하지 않으면서 진실을 위해 죽음을 마다하지 않는 한 인간의 모습을 읽어낸다면 크게 틀리지 않을 것이다."

많은 독자는 오래전에 『이방인』을 읽어봤을 것이다. 세월이 흐른 뒤 다시 읽으면 대개는 옛날에 읽은 그 작품이 아님을 깨닫는다. 텍스트가 달라졌을 뿐 아니라 그것을 해석하는 관점이나 경험, 지식 수준이 변했기 때문이다. 요즘은 소설을 읽을 때 주인공이 아니라 주변인의 시선으로 이야기 진행을 짚어본다. 그런 것 가운데 하나가 탈식민주의 비평 관점이다. 뫼르소가 살해한 인물은 재판과정에서, 아니 소설이 끝날 때까지 이름 없는 아랍인으로 지칭된다. 이런 식의 익명성은 프랑스 식민주의가 식민지인의 인간성과 정체성을 삭제해버리면서도 아무렇지 않게 여기는 태도다. 그러면 작가인 카뮈에 대한 평가도 조금 달라진다. 반식민주의자이면서 식민주의자의 사고방식에서 자유롭지 못한 것이다.

남녀의 구분을 없앤 사고실험,
기존 언어가 돌파할 수 있을까

어슐러 K. 르 귄, 『어둠의 왼손』, 1969

세계문학사를 공부하다보면 영어권에서 가장 유명한 평론가 가운데 한 사람인 해럴드 블룸을 만나게 된다. 그는 좌파 이론가들을 모두 '분노학파'라고 싸잡아 매도할 정도로 보수적인 인물이었다. 그 '분노학파'에는 주로 페미니스트, 마르크시스트, 해체주의자들이 포함된다. 그런 평론가가 페미니스트 작품으로도 한 획을 그은 과학소설 『어둠의 왼손』을 서구의 정전 목록에 포함시켰다. 그러면서 작가인 어슐러 K. 르 귄을 『반지의 제왕』의 톨킨보다 더 뛰어날 뿐 아니라 판타지 문학을 고급 문학으로 승격시켰다고 격찬했다. 이 작품은 출간 이듬해에 과학소설에 수여하는 최고의 상인 네뷸러상과 휴고상을 휩쓸었으며 학계와 문학 평론가들의 찬사도 함께 받았다. 대개 최초의 과학소설로 꼽히는 메리 셸리의 『프랑켄슈타인』만큼이나 중요한 작품으로 인정받기도 했다. 이 책이 출간된 뒤 가장 큰 이슈가 되었던 것은 페미니즘적 사고실험에 대한 평가였다.

양성 인류가 살고 있는 행성
작가는 양성 인류를 왜 '그'라고 불렀나

줄거리를 간단하게 줄이면 테라Terra 출신의 인간인 겐리 아이Genly Ai가 거의 빛에 가까운 속도로 움직이는 우주선을 타고 17광년 정도 걸리는 거리에 있는 '겨울'이라는 이름의 새로운 행성에 특사로 파견되어 임무를 완수해내는 이야기다. 참고로 테라는 지구를 가리키며 주인공은 흑인 남성이다. 르 귄의 작품에서는 유색 인종이 주인공이고 백인은 조연이거나 악당일 때가 많다. 이런 장치도 주류 사회에 대한 비판적인 사고방식을 보여준다. 그는 지구에서 백인의 비중이 적은데(2023년 기준 16퍼센트 정도) 왜 미래 사회의 주인공을 주로 백인으로 설정하는지 이해가 안 된다고 말한다.

겨울 행성에는 양성을 가진 인류가 살고 있다. 그들은 한 달을 주기로 2~5일 정도만 남성 또는 여성이 된다. 당사자가 선택하는 것도 아니다. 마치 동물의 발정기 같은 '케메르 기간'에는 어떤 상대를 만나느냐에 따라 남성이 되거나 여성이 된다. 섹스를 하고 임신을 하지 않으면 다시 양성인으로 돌아간다. 임신하면 수유 기간까지 여성으로 지내고 남성 성기는 잠재적인 상태로 남아 있다가 수유 기간이 끝나면 다시 양성체가 된다. 케메르 기간에는 누구나 남성 또는 여성이 될 수 있기 때문에 그들은 모두 어머니이면서 아버지다. 그러니 당연히 사회적 구별인 젠더가 있을 수 없다. 차이가 없으니 차별도 없고 성범죄도 불가능하다. 모두가 출산으로부터 자유롭지 않기 때문에 출산에 묶인다는 개념이 따로 있을 리 없다.

그래서 이분법적인 사고 경향이 덜한 편이다. 고등동물이라면 어떤 개체든 '나와 너'라는 이분법에서 벗어나기 어렵지만 여기서는 남성과 여성, 지배자와 피지배자, 능동과 수동 같은 개념이 약하기 때문이다. 그러니 오이디푸스 콤플렉스 같은 것은 생길 여지가 없다. 프로이트의 가부장적인 정신분석 방식은 아예 그 기반이 없는 것이다. 이런 사회는 어떤 모습일까.

기록하면서 겨울 행성 사람들을 지칭할 때 삼인칭 대명사가 문제가 되었다. 기록자는 그[he]라는 대명사를 사용했다. 그러다보니 그들은 남성이 아니라 남성여성이라는 사실을 자꾸만 잊게 된다고 토로한다. 그녀she를 쓴다고 해도 헷갈리기는 마찬가지일 것이다. 그러나 그 행성에서는 누구도 남성다움이나 여성다움에 관심이 없고 하나의 인격체로만 존중되고 판단된다.

이 소설이 발표되었을 때 일부 페미니스트 평론가들은 이 점을 문제 삼았다. 양성인인데, 남성을 일컫는 대명사를 사용한 것은 완전한 실패라고 본 것이다. 그he는 그녀she와 그것it을 배제하면서 대표하는 대명사이기 때문이다. 페미니스트들은 양성인에 대한 사고실험이 충분하지 못하다고 비판했다. 그 양성인들이 정치가일 때 남성적인 모습으로 묘사된 만큼 집 안에서의 모습은 제대로 묘사되지 못했다는 것이다.

이런 비판에 대한 해결책을 고민하던 작가는 『어둠의 왼손』보다 1년 앞서 발표한 「겨울의 왕」을 『바람의 열두 방향』(1975)이라는 단편소설집에 수록하기 위해 개작하면서 인칭 대명사를 '그' 대신에 '그녀'로 바꿔버리는 복수(?)를 단행했다. 이 단편소설의 배경도 『어둠의 왼손』과 같은 곳인 양성인들이 살고 있는 겨울 행성이다. 젊은 왕을 '그녀'라고 지칭하는데, 읽어보면 느낌이 묘하다. 작가는 그 묘한 느낌을 즐겼던 모양이다. 영어에서 왕king은 남성 명사이기 때문에 이상한 느낌이 더 강하다. 한국어 번역본에서는 그녀를 아예 '여인'이라고 해버렸다. 잘 새기면서 읽지 않으면 이 대명사 때문에 상당히 헷갈린다.

작가는 1976년 이 문제에 대해 자신의 입장을 정리해서 발표한 적이 있다. '그'를 대신하기에 좋은 대명사로 그들they이 있다는 것을 깨달은 것이다. 중세 영어에서는 이것이 성을 구분하지 않는 삼인칭 단수 대명사로 쓰인 적이 있다. 그리고 다시 현대에 들어 페미니즘이 일반화되면서 구어에서 상당히 일반적으로 쓰이고 있다. 참고로 한국어에서는 일본어와 마찬가지로 서구 문화를 수입해 번역하는 과정에서 그와 그녀가 발명되어 쓰이기 시작했다는 것이 통설이다.

『어둠의 왼손』은 양성인의 세계에 간 지구인 여성의 관점에서 쓰인 기록이기 때문에 근본적으로 다른 배경의 문제가 부각되지 않을 수 없었고, 그것이 당대에 활발하게 되살아난 페미니즘 운동과 깊은 관련을 맺으면서 여성 작가의 남성 언어라는 문제가 논쟁의 중심에 서게 되었던 것이다.

인간들의 배신, 희생되는 어린아이

이 작품은 인간관계에서 생기는 신뢰와 배신을 주제로 다루고 있다. 소설은 게센(그곳 언어로 겨울이라는 뜻이다) 행성의 큰 국가인 카르히데의 축제 장면으로 시작된다. 주인공인 아이는 그 다음 날 카르히데 왕을 알현하기로 되어 있었는데 수상인 에스트라벤의 도움이 있었기에 가능했다. 그러나 카르히데 주민들이나 왕은 카르히데와 평화적인 관계를 수립하기 위해 외계에서 아이를 특사로 보냈다는 것을 믿지 않는 듯했다. 외계나 거의 빛의 속도로 움직이는 우주선의 존재도 믿기 어려워했다. 바로 그날 에스트라벤이 자신은 더 이상 아이에게 도움이 되지 못할 것임을 알렸고 이튿날 반역자로 낙인찍혀 추방된다.

아이는 다음 날 왕을 알현하지만 우호적인 관계 수립은 거절당한다. 아이는 게센 행성의 또 다른 큰 국가인 오르고레인으로 간다. 이 행성의 어느 국가든 한 군데만 아이를 보낸 외계인 에큐멘 연합과 관계가 수립되고 나면 다른 국가들도 자연스럽게 좋은 관계가 맺어지리라 믿었기 때문이다. 그러나 오르고레인은 언론을 통제하며 전체주의적인 정치 세력이 권력을 확보하는 과정에 있었고 그들은 아이를 순전히 정치적으로 이용했다.

아이는 그 희생양이 됐다. 그는 비밀경찰에 체포되어 감옥에 갇혔지만 에스트라벤에게 구출돼 함께 탈출의 긴 여정에 나선다. 그 여행에서 지구인 남성과 게센의 양성인이 서로의 차이점을 충분히 이해하면서 깊이 신뢰하게 되고 그 결과 '마음으로 말하기'에도 성공한다. 그것은 서로에 대한 이해가 얼마나 깊어졌는지를 보여주는 징표였다. 우여곡절 끝에 아이는 임무를 완수하지만 그 과정에서 에스트라벤은 사살당한다.

이런 줄거리에서 볼 수 있듯이 이 작품은 당시 과학소설의 주류였던 아서 C. 클라크(1917~2008)나 아이작 아시모프(1920~1992)의 작품들과 아주 달랐다. 두 작가는 어려운 물리학과 화학, 천문학의 개념을 그대로 사용했기 때문에 과학을 잘 모르면 접근하기 어려웠다. 예를 들어 아이작 아시모프의 『파운데이션Foundation』(1951)의 모티브는 '심리역사학Psychohistory'인데, 이는 수학과 통계학에 기반한 가상의 학문이다. 주인공 해리 셀던은 인류 집단의 미래를 예측하는 방법을 찾아내는데, 이는 통계적 결정론과 사회학적 수학 모델을 엮어서 만든 이론이다. 소수의 집단은 예측할 수 없지만 대규모 집단 행동은 통계적으로 예측 가능하다는 것인데, 이는 열역학 제2법칙인 엔트로피 개념과 연결된다. 수많은 입자의 움직임은 알 수 없지만 전체 시스템의 경향은 예측할 수 있다. 2014년 영화 「인터스텔라」도 상대성 이론과 중력 이론, 블랙홀과 웜홀 같은 개념을 모르면 스토리를 제대로 이해하기 어렵다. 이처럼 오늘날에도 SF는 대개 현대 과학의 주류 이론에 대한 이해를 바탕으로 이야기가 전개된다.

이들과 달리 르 귄은 사회과학, 그 가운데서도 인류학을 많이 참조했고, 인간의 심리와 사회구조에 대한 사고실험에 가까운 이야기를 들려준다. 동양철학의 영향도 많이 받았는데, 카르히데의 종교인 한다라는 도교나 불교와 대단히 비슷하다. 이 작품의 제목 역시 그런 분위기에 젖은 카르히데의 민요 첫 구절에서 딴 것이다. "빛은 어둠의 왼손, 어둠은 빛의 오른손, 둘은 하나, 삶이며 죽음이다. 사랑을 나누는 연인처럼, 맞잡은 손처럼, 결과가 과정인 것처럼." 전체주의적인 사회구조로 가려 했던 오르고레인의 종교는 일신교다. 르 귄은 자신이 속한 사회의 주류 흐름을 거의 다 전복하고 싶었던 것 같다.

극단적인 의식의 흐름 기법으로 쓰인 아찔한 걸작

윌리엄 포크너, 『소리와 분노』, 1929

윌리엄 포크너의 대표작 『소리와 분노』는 거의 모든 고전 목록의 상위권에 올라 있지만 가장 읽어내기 어려운 소설 가운데 하나로 꼽히기도 한다. 미국의 영어로 쓰인 작품이지만 프랑스에서 먼저 붐이 일었다. 오죽하면 '프랑스가 포크너를 만들었다'라는 말이 생겨났겠는가. 난해한 영어 소설을 미국 독자는 잘 읽어내지 못했지만 프랑스 사람들은 번역본을 읽으며 열광했던 것이다. 특히 장폴 사르트르가 이 작품을 높이 평가하고 소개하는 데 앞장섰다.

난해한 작품들이 잘 번역되기만 한다면 오히려 번역본이 더

쉬울 수 있다. 번역 그 자체로 매우 구체적인 해석이고 역자 주와 해설의 도움도 받을 수 있기 때문이다. 이 작품이 그랬다. 그러나 잘 번역된 한국어판은 2013년에야 나온다. 이전에는 '음향과 분노'로 번역되었는데 제목부터가 오역에 가깝다. 공진호의 정성스러운 번역본이 없었다면 소개할 엄두도 내지 못했을 것이다. 오역 많은 번역본을 권할 수 없다고 영어판을 읽어보라고 할 수는 없지 않은가. 공진호는 이렇게 말한다. '이 작품의 번역은 실로 불가능해 보이지만' 문학사에서 워낙 중요한 걸작이라 '오랜 세월 축적된 비평 연구서들을 참고, 비교하여 최대한 객관적인 해석'을 통해 작가인 '포크너가 한글로 글을 썼다면 어떻게 썼을까 하는 상상을 하며' 번역했다.

독자가 쓰고 해석한다

좋은 번역본이라고 해서 말 그대로 쉬운 것은 아니다. 작품의 앞쪽 반 정도는 전통적인 이야기 방식이 아니라 극단적인 '의식의 흐름' 기법으로 쓰였기 때문이다. 예를 들면 이런 식이다.

"……움직이지 않아도 속이 울렁거렸다. 가만히 있는데도 속이 울렁거렸다. 너 때문에 속이 울렁거렸다. 그 순간 캐디가 문으로 들어섰다. 벤지. 울부짖었다. 노년에 얻은 내 아들 벤저민이 울부짖고 있어. 캐디! 캐디! 나 도망칠 거야."(필자의 번역)

이렇게 표현된 내용을 풀어서 설명하면 다음과 같다. 첫 문장은 화자의 상태다. 그 상태가 과거의 울렁증을 불러낸다. 성적인 자극을 받았던 나탈리 아니면 여동생 캐디 때문이었을 것이다. 그 울렁증은 다시 캐디를 등장케 한다. 거기에는 벤지가 있다. 지적장애를 가졌지만 냄새로 사태를 파악하는 능력을 지닌 벤지는 집 안에 들어선 누나 캐디에게 무슨 일이 생겼는지 알아차리고 울부짖는다. 캐디가 처음 섹스한 날이었다. 그 울부짖음에 아들의 장애를 견디지 못하는 엄마의 목소리가 어디선가 들려온다. 다시 벤지의 목소리다. 캐디! 캐디! 이번에는 캐디가 말한다. 나 도망칠 거야.

이처럼 분명한 표식도 없이 시제와 화자가 뒤엉킨 문장이 이어진다. 읽어내기 어려울 수밖에 없다. 내가 이렇게 설명할 수 있는 것은 '여러 번 읽은 뒤' 등장인물의 성격과 관계를 파악하고 뒤얽힌 사건을 따로 정리해봤기 때문이다. 이렇게 자세한 설명을 읽고 나면 읽을 만하다고 느낄지도 모르겠다.(부디 그러시기를!)

여기 인용한 부분은 지적인 인물이지만 여동생의 처녀성과 가문의 명예에 집착하는 큰아들 퀜틴의 '의식의 흐름'이 담긴 2장의 한 구절이다. 거기에는 뒤죽박죽된 감정과 시간이 엉켜 있을 뿐 아니라 구두점 하나 없이 긴 독백처럼 이어지는 부분도 여러 번 나온다.

등장인물들의 성격이나 일어난 사건만으로 보면 아주 재미있는 이야기로 읽힐 수 있다. 미국 남부의 몰락한 지주 집안이 배경이다. 아버지는 변호사였지만 거의 술에 의지하여 여생을 보내고 있다. 어머니는 자식 넷을 낳았다. 남자애 셋과 여자애 하나인데 둘째 남자아이만 편애할 뿐 아니라, 늘그막에 낳은 벤지가 지적장애아임을 알고 신세 한탄에 빠져 하루하루를 보낸다. 집안 살림과 아이들을 돌보는 모든 일은 흑인 하녀 딜지가 도맡아 한다. 벤지는 누나인 캐디가 돌본 적이 있다. 그런 상황에서 캐디는 하루빨리 집을 떠나고 싶었던 것 같다. 그러나 남자관계가 꼬인다. 한 남자를 만나 임신을 하고, 그 상태에서 다른 남자와 서둘러 결혼을 한다.

바로 그 여동생 캐디를 끔찍이도 사랑했던, 아마 근친상간의 욕망도 가진 것으로 보이는 큰아들 퀜틴은 지적인 인물이지만 결국 그런 집안 상황을 견디지 못하고 자살한다. 한편 캐디는 이혼당한 뒤 낳은 아이를 친정에 맡긴 채 아마도 화류계에 몸담고 살아가면서 집안의 경제를 책임지고 있는, 지독하게 세속적인 남동생 제이슨에게 돈을 보낸다. 그러나 제이슨은 그 돈을 가로챈다. 그렇다는 것을 눈치챈 캐디의 딸은 그가 모아놓은 돈을 훔쳐 달아난다.

포크너는 이런 '사건'들에 대해서 직접 쓰는 것보다 다 읽은 독자가 등장인물의 목록과 관계망, 사건의 시간 순서 등을 작성하고 싶게 만드는 현상을 보여주려 했던 것 같다. 그러기 위해서 한두 번으로 부족하면 세 번 읽고, 그것도 모자라면 한 번 더 읽어보라고 했다. 작가 입장에서는 이것이 자신이 선택할 수 있는 최선의 서술 방식이라는 것이다. '의식의 흐름' 기법이라는 것도 비슷한 고민에서 시작되었다. 그 점을 이해하기 위해서는 버지니아 울프의 간명한 설명이 도움이 될 것이다.

"일상적이고 평범한 어느 날 우리 정신 상태는 어떨까? 시간대가 뒤섞인 과거의 숱한 인상과 사소하면서 환상적인 다양한 인식이 교차할 것이다. 사방에서 무수한 미립자가 억수같이 쏟아져 들어온다. (…) 이처럼 변화무쌍하고 경계 지을 수 없는 미지의 정신을, 아무리 복잡하더라도 가능한 한 그대로 전달해야 하는 것 아닐까?"

우리에겐 과거밖에 없다

이 소설은 구성부터 수수께끼 같다. 1장은 '1928년 4월 7일'이고, 2장은 '1910년 6월 2일'이며 3장은 '1928년 4월 6일', 4장은 '1928년 4월 8일'이다. 시간의 흐름이 뒤죽박죽이다. 모더니즘에서는 이런 식의 시간 인식이 그리 특별한 것은 아니다. 현재란 상당 부분 과거에 종속되어 있고 미래의 침투를 받으며 끊임없이 과거가 되어가는 순간이다. 엄밀히 말하면 현재란 없다. 현재는 과거로 흘러간 뒤에야 그 모습을 드러낸다. 그런 의미에서 과거만이 우리가 접할 수 있는 초월적인 시공간이다. 과거가 뒤섞여 예정된 일이 일어날 뿐이고, 우리 의식은 거기에서 벗어날 수 없다.

게다가 언어는 그 모든 것을 담아내지 못할 뿐 아니라 혼란스럽게 만드는 원흉이기도 하다. 하나의 관점이나 누군가의 언어는 편견을 드러낼 따름이다. 그나마 여러 개의 관점을 통해, 과거 여러 시점의 사실들을 뒤섞을 때 진실에 가까이 다가갈 수 있다. 그 점은 20세기 초 피카소가 주도한 큐비즘 회화를 떠올리게 한다. 여러 관점이 어우러져 하나의 진실된 모습을 표현할 가능성을 높이는 것이다. 바로 그런 식이다. 소설은 네 사람이 보낸 각각의 하루다.

1장의 화자는 세 살짜리 정신연령을 가진 서른세 살의 남자다. 이는 내용이 형식을 결정한다는 말이 떠오를 정도로 적확한 구성이다. 모더니즘이 시작되던 시기에 시인이나 소설가들을 가장 힘들게 만든 것이 '언어의 문제'였다. 언어로는 현실이나 개인의 감정과 사상을 제대로 표현하지 못할 뿐 아니라 언어는 언어일 뿐이라는 절망이었다. 의식의 흐름 역시 비슷한 문제에 대한 하나의 답으로 시작된 것이다. 의식의 흐름이 보여주는 현상에 대한 해석은 독자의 몫으로 남겨두고, 보고 느끼면서 떠오르는 무의식적인 감각을 그대로 다루고자 했다.

그러나 매우 세속적인 인물을 화자로 내세운 3장부터는 '전통적인 소설'과 그리 다르지 않다. 이 작가라면 하드보일드한 스타일도 잘 소화할 수 있겠다는 느낌이 들 정도로 명쾌하다. 훗날 영화 시나리오를 쓰게 된 것도 우연이 아니다. 4장은 아예 전지적인 시점에서 쓰였다. 해석을 독자에게 맡겨두었던 작가가 막판에 등장해 여러 의문점을 정리해주는 전통적인 방식이다. 이 소설 한 편에 여러 소설 기법이 망라돼 있는 셈이다.

그런 의미에서 『백년의 고독』을 쓴 가브리엘 가르시아 마르케스의 감상을 되새겨볼 필요가 있다. "보르헤스나 카르팡티에와 같은 작가들이 없었어도 글을 쓸 수 있었겠지만, 포크너가 없었다면 그러지 못했을 것이다."

언어학,
세계를 비추는 거울에 대한 이해

월터 J. 옹, 『구술문화와 문자문화』, 1982

인문학은 어떤 학문인가? 간단하게 답하기 어렵다. 내가 위험을 무릅쓰고 단순화해보겠다. 인문학은 인간에 대한 학문이다. 인간다운 삶을 살려면 알아야 하는 교양이다. 그렇다면 인문학은 세 가지 질문에 대한 답으로 요약할 수 있다.

첫 번째 질문은 '인간은 어떤 환경에서 살아가는가?'이다. 어린아이가 말을 배우면 주변의 사물에 대해 끊임없이 질문한다. 자신이 던져진 세상의 환경에 대해 알아야 적응할 수 있기 때문이다. 이 질문에 대한 답은 사회과학과 자연과학을 통해 구할 수 있다. 인간은 사회적인 동물이면서 자연의 일부이기 때문이다.

세월이 지나면 아이는 자신이 타인과 다르다고 느낀다. 나는 왜 형제들과 다를까? 나는 왜 부모님(어른들)과 다를까? 정체성에 대한 고민이 시작된다. '나는 어떤 존재인가?' 이 질문을 확장하면 결국 '인간은 어떤 존재인가?'에 이른다. 두 번째 질문이다. 그에 대한 답은 주로 문학과 철학에서 얻을 수 있다. 심리학과 생물학의 도움을 받는 것도 좋다.

더 나이가 들면 또다시 새로울 뿐 아니라 가장 중요한 질문을 하게 된다. 내가 알고 있는 것 모두가 옳지는 않다는 것을 깨닫기 때문이다. 비슷한 환경에서 살아온 사람이라 해도 자신과 완전히 다른 생각을 가지고 있다는 것을 알고 절망하기도 한다. 도대체 왜 같은 것에 대해 그렇게나 다르게 해석하는 것일까? 거기에서 그치지 않는다. 같은 한국어를 쓰는데도 잘 통하지 않는다. 남자와 여자는 외국어가 아니라 외계어 수준으로 다른 언어를 쓴다. 현대인들은 말하기보다 쓰기와 읽기를 통해서 더 많이 소통한다. 그러면서 난감한 상황에 부딪힌다. 말로 생각한 것이 그대로 글로 옮겨지지 않고, 쓰인 글도 의도한 대로 전달되지 않을 때가 많다. 입장과 맥락에 따라 다르게 쓰일 뿐 아니라 다르게 읽히는 것이다. 그래서 세 번째 질문은 이렇다. '도대체 우리는 세상을 어떻게 인식하고 표현하는가?' 이 질문에 대한 답은 주로 언어학에서 얻을 수 있다.

나는 인문학 공부를 잘하고 싶다면 언어학으로 시작하기를 권한다. 언어는 세상을 비추는 거울이다. 완벽한 평면도 아닐뿐더러 부분적으로 오목하거나 볼록한 거울이다. 그 거울에 대한 이해가 깊을수록 더 깊은 세상이 보인다.

조립라인의 노동자, 서사시인

언어학에서 고전의 반열에 올릴 수 있는 책을 꼽으라면 소쉬르의 『일반언어학 강의』(1916)와 현대 철학의 고전이기도 한 자크 데리다의 『그라마톨로지』(1967), 그리고 월터 J. 옹의 『구술문화와 문자문화』(1982) 정도일 것이다. 이 가운데 내가 먼저 읽기를 권하는 책은 『구술문화와 문자문화』다. 이 책은 출간 이후 학술적으로 인용된 횟수가 1만5000회가 넘을 정도로 영향력이 컸다. 한국어판은 1995년 초판 이후 현재 3판에 이르렀고, 여전히 읽히고 있으며 앞으로도 그럴 것이다. 같은 주제를 다룬 다른 책이 없을 뿐 아니라 이만큼 뛰어난 통찰력이 담긴 텍스트의 출현도 기대하기 어렵기 때문이다. 나는 이 책을 말 그대로 수십 번 읽었다. 읽을 때마다 새로운 내용을 보았기에 그럴 수 있었을 것이다.

언어학을 접해본 적이 없는 사람이라면 앞서 언급한 두 권의 책은 말할 것도 없고 이 책 역시 무척 낯설 것이다. 현대인이라면 '글자가 없는 세상'의 구술문화를 생각해본 적 없을 뿐 아니라 상상하기도 쉽지 않을 것이다. 아예 문자가 없는 사회에서 어떻게 문화를 만들 수 있었을까? 그 궁금증은 서구의 가장 오래된 고전 가운데 하나인 『일리아스』와 『오디세이아』를 통해 어느 정도 해소된다. 이 서사시는 문자로 기록되기 전 구술문화의 정수였다.

영화 「트로이」(트로이가 일리아스다)를 본 다음 원작인 『일리아스』를 읽는다면 실망하기 쉽다. 끝까지 읽어내기도 어려울 것이다. 무엇보다 배경 설명이 없다. 서사시는 당시 상황을 잘 아는 사람들에게 들려주는 것이어서 굳이 설명할 필요가 없었다. 독자를 곧바로 사건 속으로 끌어들인다. 구술문화는 상황의존적이기 때문이다. 영화와 달리 스토리 전개도 지루하다. 말은 하는 순간 사라진다. 그러므로 말하는 사람이나 듣는 사람 모두 줄거리에서 벗어나지 않도록 앞에서 말한 것을 한 번 더 되풀이할 필요가 있다. 장황한 말투가 될 수밖에 없다. 게다가 쓸데없는 구절이 끝없이 되풀이된다. 예를 들어 '지모가 풍부한 오디세우스'가 72번이나 나온다. 다른 사람에게 속을 때도 '지모가 풍부한 오디세우스'다. 아킬레우스는 언제나 '발 빠른 아킬레우스'인데 굳이 강조할 필요가 없는 장면, 예를 들어 밥을 먹을 때도 '발 빠른 아킬레우스'다.

『일리아스』는 1만5693행이나 되고 『오디세이아』는 1만2110행이나 된다. 이렇게 긴 서사시를 순전히 기억으로만 만든다고 상상해보라. 앞부분은 뒷부분이 만들어질 때쯤 잊어버릴 것이다. 그러지 않으려면 기억 가능한 방식을 개발해야 한다. 배경은 누구나 떠올릴 수 있는 것으로 표준화하고 리듬이 깨지지 않도록 정형구를 되풀이해서 사용해야 한다. 그래서 '지모가 풍부한'이라는 말이 수없이 되풀이되었던 것이다. 그런 서사시를 만드는 시인들은 수많은 정형구를 암기하고 뻔한 스토리를 만들어내던 '조립라인의 노동자'였던 것이다.

독자가 점유해야 할 빈 공간

유럽인들에게 이 작품은 자기네 조상들의 위대한 문화유산이었던 터라 공정하게 평가하지 못했다. 20세기 초반이 되어서야 분석적으로 평가되었다. 그 전에도 의심의 눈초리가 없었던 것은 아니다. 17세기 대수도원장이었던 프랑수아 에드랭은 이렇게 주장했다. "줄거리가 형편없고 등장인물의 성격 묘사도 빈

약하며 윤리학적으로나 신학적으로 기피해야 할 작품으로, 나아가 호메로스라는 인물은 절대 실존하지 않았고 그의 작품으로 되어 있는 서사시는 다른 사람들의 시를 짜깁기한 것에 지나지 않는다."

구술성의 정신역학이 이것이 전부는 아니다. 여기에 다 쓸 수도 없다. 그렇지만 그 성격을 이해하고 나면 구술성이 어떤 식으로 인간의 사고방식을 규정하는지 알게 된다. 대표적인 특징이 보수적이고 논쟁적이라는 것이다. 문자문화의 영향을 받으면 그런 구술성도 변한다.

문자문화는 소쉬르가 생각했듯이 구술문화의 보조 수단이 아니었던 것이다. 데리다는 대리보충이라는 개념으로 그 차이를 설명한다. 무척이나 재미있지만 여기서 다루지는 못한다. 말과 글은 아주 다른 것이다. 말은 비디오 상황에서 청각을 자극하며 생각을 전달한다. 그때 말하는 사람의 의도가 말에 담기는 비율은 아주 적다. 목소리 크기와 어조, 표정, 몸짓, 때와 장소가 모두 더해져 하나의 '의미'가 된다. 그렇지만 글은 오로지 글만으로 의미를 담아 전달한다. 아무리 노력해도 상황과 맥락에 대한 정보가 부족할 수밖에 없다. 그 빈 공간은 독자가 미루어 짐작해서 채워야 한다. 같은 텍스트라고 해도 독자에 따라 해석이 다를 수밖에 없는 이유다.

그뿐만이 아니다. 말은 발신자와 수신자가 분명하다. 반면 글은 발신자에게서 분리된다. 설사 수신자가 분명하다고 해도 다른 수신자가 읽을 수 없는 것도 아니다. 게다가 수신자의 상황에 따라 발신자의 의도는 다른 의미로 읽히기도 한다. 맥락이 달라지면 같은 텍스트에 대한 해석도 달라지는 것이다.

그렇지만 글쓰기는 말하기와 달리 끊임없이 반성할 기회를 제공한다. 고칠수록 세련되고 객관적이 될 가능성이 커진다. 또 긴 생각을 검토하면서 정리할 수 있다. 끊임없이 되풀이해 참조할 수 있는 대량의 데이터로 축적할 수도 있다. 쓰기는 그런 과정을 통해 구술적인 사고방식을 재조직한다.

이처럼 말에는 말의 논리가 있고, 글에는 글의 논리가 있다. 『구술문화와 문자문화』에는 이런 내용만큼이나 인간에 대한 놀라운 통찰력이 문장 곳곳에 스며 있다. 꼼꼼히 새기며 읽어야 할 이유다. 더구나 문자문화가 발달한 이후에 구술문화가 사라진 것도 아니고 사라질 수도 없다. 이 책 후반에서는 인쇄문화가 발달한 이후에 변화된 구술문화에 대해서도 다룬다. 현대 철학이 이런 문자문화와 얼마나 깊은 관계를 맺고 있는지도 알 수 있다. 데리다의 『그라마톨로지』는 이 책을 아주 잘 이해한 다음에야 어느 정도 독해가 가능하다.

진실은 없고 아이러니만 있다

줄리언 반스, 『플로베르의 앵무새』, 1984

『플로베르의 앵무새』는 포스트모더니즘 소설의 대표작 가운데 하나다. 이런 경향의 작품은 작가의 주관성을 강하게 반영하고 있고, 메타 픽션 형식으로, 상호텍스트성을 사용해, 그다지 '믿음직스럽지 않은 어법'으로 쓰인다. '이다'와 '아니다'가 되풀이된다. 독자들은 조금 혼란스럽겠지만 그 지독한 아이러니는 모두 현실의 반영이다.

작가와 작품은 분리될 수 있나

하나씩 짚어보자. 주관성을 숨기지 않기 때문에 소설인지 에세이인지 헷갈린다. 이 작품이 구텐베르크 에세이상도 수상했다는 사실은 그런 아이러니를 잘 보여준다. 소설이니까 주인공이 있고 그가 화자로 등장하지만 텍스트는 주인공의 에세이 같다. 그는 의사이면서 플로베르를 연구하는 아마추어 연구자다. 책을 쓰고 싶었지만 여유가 없었다. 이제 아내도 죽였고 자식들도 모두 성장했으니 하고 싶은 일을 할 수 있게 된 것이다. 그는 자기 주변의 이야기도 주저리주저리 늘어놓는다. 에세이로 읽어도 이상하지 않다. 그래도 소설임을 잊지 않는다면 다 읽은 뒤 소설임을 깨달을 것이다.

메타 픽션은 픽션이 픽션임을 상기시키는 방식으로 쓰인다. 그 과정에서 픽션과 실재의 관계, 패러디와 원작의 관계가 잘 드러난다. 이 작품에서는 플로베르의 삶이 주로 그의 출세작인 『마담 보바리』와 어떤 관계를 맺고 있는지 추적한다. 결혼한 여자의 간통을 다룬 소설인 『마담 보바리』가 음란하다는 이유로 고발당한 뒤 플로베르는 '마담 보바리, 그녀가 바로 나다'라고 말한 적이 있다. 작가와 작품은 완전히 분리되어야 한다고 공언했을 뿐 아니라 결혼도 하지 않은 남자가 그런 말을 했다니! 이해하기는 어렵지만, 결국 작품은 작가의 일대기임을 인정한 셈이다. 작품을 잘 이해하기 위해서는 작가의 삶에 대한 연구가 필요하다는 뜻이다. 더욱이 아마추어 연구자가 각광받는 문학 연구자로 등장하고 싶다면 아직 알려지지 않은 중요한 자료 발굴이 최고의 기회가 될 것이다.

플로베르의 경우에는 엄청난 미스터리가 하나 남아 있다. 영국인 여자 가정교사인 줄리엣 허버트에 대한 것이다. 그녀에 대한 이야기는 플로베르가 자기와 꼭 닮은 친구인 부예에게 보낸 편지에 등장한다.

'자네가 여자 가정교사에게 몸이 후끈 단 것을 보고 난 뒤, 나 역시 그런 기분이 들었네. 식탁에 앉았을 때 내 시선은 저절로 그녀의 드러난 가슴의 부드러운 곡선을 따라 움직였네. 그녀는 내 시선을 눈치채고 있었다고 생각하네.'

이것뿐이다. 당연히 플로베르 연구자들에게는 더없이 감질나는 문제였다. 그 점을 잘 알고 있는 주인공 앞에 우연히 한 미국인이 등장한다. 자신을 실패한 비평가라고 소개하는 그는 '그들이 오랫동안 주고받은 편지 뭉치'를 가지고 있으며 그것을 보여주겠다고 했던 것이다. 우리의 주인공은 더없이 흥분했다. 그 편지를 연구하여 당대 최고의 문예지를 통해 혜성처럼 등장하는 자신의 모습을 상상했다. 인터뷰할 때 할 말도 생각해놓았다.

주인공은 편지 뭉치를 건네받기 위해 만난 자리에서 편지 내용에 대해 몇 가지 질문을 했다. 대답은 분명했지만 그 미국인의 태도는 어딘가 모르게 이상했다. 마침내 그 편지를 보여달라고 하자 '지금은 가지고 있지 않다'는 대답이 돌아왔다. 불태워 없앴다는 것이다! 놀란 주인공이 왜 그랬느냐고 묻자, 플로베르가 마지막 편지에서 모두 불태워 없애라고 했기 때문이라는 것이다. 그는 그 말을 따르지 않을 수 없었고, 우리의 주인공은 플로베르 연구자이므로 작가의 뜻에 따른 행동을 잘 이해해주리라 믿었다는 것이다.

주인공은 그 순간 화가 나 어쩔 줄 모른다. '범죄자, 사기꾼, 실패자, 살인자인 이 대머리 방화범은 지금 나에게 무슨 짓을 하고 있는지 알기나 하는가.' 그런데 그 '방화범'은 만면에 미소를 띤 채 이런 말을 덧붙인다. '편지에는 이상한 지시가 하나 있었습니다. 그는 어떤 사람이 나의 편지에 어떤 것이 쓰여 있는지, 나의 생활이 어땠는지 물으면 그런 사람들에게는 거짓말을 하기 바란다. 아니, 누구에게나 거짓말을 할 수 없으니, 그들이 듣고 싶어 하는 대로 그들에게 말해주기 바란다'고 했다는 것이다. 이건 작가 스스로 내린 지독한 자기부정이 아닌가.

여기까지 읽고는 소설의 첫 페이지로 되돌아가지 않을 수 없었다. 소설은 플로베르 동상 아래에서, 동상이 얼마나 믿을 만한지 의심하면서 시작한다. 원래 동상은 플로베르 사후 5년이 지난 뒤에 제작된 러시아 조각가의 작품인데, 그것마저 제2차 세계대전 기간에 사라졌다가 다시 제작한 것이다. 그러니까 작가 사후 80년이 지난 뒤에도 식지 않은 독자의 관심을 보여주는 조각인 셈이다. 동상 이야기는 엉뚱하게도 『지킬 박사와 하이드 씨』의 작가인 로버트 루이스 스티븐슨의 에피소드로 마무리된다. 장사꾼 기질이 강한 그의 유모가 40년 전에 자른 것이라며 '그런 것을 찾아다니는 사람들'에게 작가의 머리카락을 소파 속을 가득 채울 만큼 팔았다는 것이다.

과거에 대한 진실은 이처럼 확인하기 어려운 일이지만, 아니, 그렇기 때문에 철저한 조사를 할 가치 있는 일일 것이다. 이번에는 '진실이 전시되어 있으리라 기대되는' 박물관으로 가본다. 거기서 발견한 것 가운데 하나가 플로베르의 마지막 작품인 『순박한 마음』에 등장하는 앵무새다.

플로베르가 작품을 쓰는 동안 박물관에서 빌려와 자신의 책상 위에 두었다고 한다. 그런데 바로 그 앵무새는 시립병원 전시관과 크루아세 기념관에 각각 하나씩 있었다. 그곳 관리자들은 모두 자기네 앵무새가 '바로 그것'이라고 주장했다. 여기까지는 소설의 앞부분에서 드러나는 빙산의 일각일 뿐이다.

소설이 끝날 때쯤에는 그 앵무새 박제의 출처가 모두 자연사 박물관이라는 것을 알게 된다. 그런데 거기에는 앵무새 박제가 50개도 넘게 있었다. 전시관과 기념관에 있던 것은 훗날 거기에서 가져간 수많은 앵무새 가운데 하나였던 것이다. 더욱이 박제가 그리 오래 보존될 수 없다는 것도 알게 된다. 과거는 이미 흔적도 없이 사라져버린 뒤였던 것이다. 이처럼 포스트모더니즘 소설들은 '자기부정을 통해 반전에 반전이 거듭되는 현실'을 반영한다.

쉽게 규정된다면 그것은 그것이 아닐지도 모른다

이번에는 '그다지 믿을 만하지 않은 어법'과 '상호텍스트성'에 대해 짚어보자. 어법의 문제에 대한 극단적인 예는 사랑에 대해 말할 때 잘 드러난다. 이 작품에도 그런 구절이 여러 번 나온다. '나는 그녀를 사랑했다. 우리는 행복했다. 그녀는 나를 사랑하지 않았다. 우리는 불행했다.' 한마디로 쉽게 규정하기 힘든 상황이 되풀이되는 것이다.

그게 무엇이든 쉽게 규정된다면 그것은 그것이 아닐 가능성이 높다. 정도의 차이는 있겠지만 어떤 것에 대해서든 분명히 규정하기는 쉽지 않다. 앞에서 '과거의 바로 그 앵무새'는 사라지고 없다는 것을 알아가는 과정도 비슷한 내용이다. '이다'와 '아니다'가 되풀이되면서 반전에 반전이 이어지는 이유는 언어의 속성이기도 하다. 그게 무엇이든 그것에 대한 적당한 말은 따로 존재하지 않기 때문이다.

상호텍스트성은 앵무새를 통해 상징되고 본문에서도 끝없이 되풀이된다. 앵무새는 유일하게 사람처럼 말할 수 있는 동물이다. 사람 말을 흉내내지만 이전에 배운 말도 한다. 사람도 마찬가지 아닌가. 자기가 만든 말을 사용하는 사람은 없다. 이전에 배운 말을 사용하는 것일 뿐이다.

이 작품에서는 앵무새 어법도 자주 사용된다. 플로베르 특유의 투를 흉내낸다. '우아하고 빈정거리는 듯하면서 다소 외설스러운 데가 있다.' 필요할 때마다 플로베르의 말을 그대로 가져다 쓴다. 예를 들어 『마담 보바리』에 쓰여 있는 다음의 구절은 세 번이나 등장한다. '언어란 갈라진 주전자와 같아서 우리가 그것으로 연주를 하면 겨우 곰들이나 장단 맞춰 춤을 춘다. 그런데도 우리는 항상 그 언어로 별들의 공감을 불러일으키기를 갈망한다.'

예민한 독자는 조금 거슬렸을 것이다. 앞에서 나는, 이 작품의 주인공에 대해 '이제 아내도 죽였고'라고 썼다. 간통한 아내를 죽인 과정에 대한 고백은 이 소설 뒷부분에 자세히 나온다. 마담 보바리와 간통에 대한 내용에 집착했던 이유가 있었던 것이다.

암시와 은유·생략이 하는 말, 문학의 언어

샌드라 길버트·수전 구바, 『다락방의 미친 여자』, 1979

『다락방의 미친 여자』는 여성 문학에 대한 기념비적인 저서다. 주로 여성 고딕 작품을 다룬다. 여성 고딕이라는 용어는 1976년에 처음 등장했다. 엘런 무어가 18세기 여성 작가들의 고딕 소설을 분석하고 평가하면서 만든 것이다. 굳이 '여성'이라는 수식어를 붙인 것은 남성 작가에게서 시작된 고딕 소설과 구별하기 위해서다.

고딕 소설은 대개 중세 수도원이나 오래된 성을 배경으로 한 괴기 공포물이다. 그 시작은 1764년에 출간된 호러스 월폴의 『오트란토의 성』이다. 그러나 고딕 소설을 부흥시킨 진짜 스타는 여성 작가인 클라라 리브와 앤 래드클리프였다. 우리가 이들에 대해 거의 들어본 적이 없는 이유는 단순하다. 제인 오스틴의 어법으로 말하면 '매우 불평등하게도 교육과 펜이 남자들의 것이었'기 때문이다.

마지막 책장을 덮을 때 깨닫는 것

사실 소설에서 고딕적인 요소는 그다지 새로운 것도 아니고 그 이후에 사라진 것도 아니다. 고대 그리스의 신화나 서사시, 비극을 떠올려보라. 거의 어디에나 으스스한 배경에서 공포를 조장하는 캐릭터가 등장해 사건을 일으키고 전개되며 마무리된다. 이후에도 마찬가지였다. 그런 요소는 현대 작가인 마거릿 애트우드의 작품에서도 쉽게 찾아볼 수 있다. 특히 『신탁 받은 여자』에는 여성 고딕 소설을 쓰는 작가가 주인공으로 등장한다. 거기에는 몽환 상태에서 거울의 반대편으로 들어가 『제인 에어』의 마지막 부분을 고쳐 쓰는 장면이 나온다. 여성 문학의 특성이 끝없이 이어지리라는 의미일 것이다.

근대 이전의 작품으로 고딕 소설의 형성에 가장 큰 영향을 끼친 작품을 꼽는다면 셰익스피어의 『햄릿』 『맥베스』 『리어왕』 『로

미오와 줄리엣』『리처드 3세』 정도일 것이다. 이 작품들 역시 매우 고딕적이다. 중세 성을 배경으로 유령과 마녀가 등장하고 마법이 사용된다. 오래된 거대 건축물이 배경으로 설정되는 이유는 공상과학소설이 완전히 새로운 환경에서 이야기를 전개하는 이유와 비슷하다. 그 건물로 들어서는 과정이 현실과 분리되는 것이고, 거기서 전개되는 사건의 결말은 비밀스러운 과거와 깊은 관련이 있다. 그 인과성은 현재와 미래에 영향을 미친다. 이런 장치들은 소원 성취 모델을 구성해내는 데 적절한 도구가 된다.

그런 식의 배경 설정과 이야기 전개 방식은 에밀리 브론테의 『폭풍의 언덕』이나 샬럿 브론테의 『제인 에어』에서 거의 그대로 사용된다. 이런 소설을 읽을 때는 먼저 배경이나 주요 캐릭터의 이름에 담긴 은유적인 의미를 이해할 필요가 있다.

『폭풍의 언덕』은 독자의 분신인 록우드가 워더링 하이츠라는 그로테스크한 공간으로 들어가서 보고 들은 이야기다. 이야기하는 사람은 그 집안의 오래된 하녀로 주인의 입장을 대변한다. 그 이야기를 외부 인물인 록우드를 통해 전달하는 것이다. 주관성의 편협함을 완충시키는 장치를 통해 설득력을 높이려는 의도다.

록우드는 '새로운' 세입자이다. 그가 빌린 저택의 이름은 스러시크로스인데 '티티새가 지나다니는 곳'이라는 뜻이다. 그는 임대받은 저택의 주인이 살고 있는 워더링 하이츠를 방문하면서 사건 속으로 들어가게 된다. 워더링은 그 지방 사투리로 폭풍우가 불면 어지럽게 요동치는 난기류에 휩싸이는 언덕의 모습을 표현한 말이다. 록우드는 거기서 악마처럼 괴팍한 성격의 히스클리프를 만난다. 두 번째 방문한 날 그는 심한 눈보라 때문에 워더링 하이츠에 갇히고, 누구도 출입하지 않던 방에서 하룻밤 묵게 된다. 그러면서 '비밀스러운 기록'을 접하고 악몽에 시달리며 유령을 본다. 자기도 모르게 끔찍한 짓을 저지르다가 결국 미친 사람처럼 비명을 내지른다. 이후에 전개될 괴기스러운 사건 전개에 대한 예고편 같다.

이튿날 그는 스러시크로스로 돌아와 그 집안의 붙박이 같은 하녀로부터 과거 이야기를 듣는다. 거기에는 남녀 주인공이 등장하지만 남자 주인공은 실존 인물이 아닐 수도 있다는 암시가 들어 있다. 여주인공인 캐서린 언쇼는 당시에 실제로 사용되던 성과 이름이다. 그러나 그녀가 사랑했던 히스클리프에게는 성family name이 없다. 이름도 이상하다. 황야(히스)의 절벽(클리프)이라니! 그는 길거리 어디에선가 주워온 아이였다. 무엇이든 원하는 대로 빼앗고야 마는 악마 같은 존재로 사건의 중심에 서게 되지만 결국 흔적도 없이 사라진다. 히스클리프는 죽음에 임박했다는 것을 알고 캐서린의 무덤을 파고 관을 열어둔 다음 묻는다. 그리고 자기가 죽으면 같은 방식으로 그 옆에 묻어달라고 부탁한다. 소설 앞부분에서 캐서린은 히스클리프가 자기보다 더 자기 같다고 말한 바 있고, 히스클리프 역시 죽기 전에 비슷한 말을 한다. 히스클리프는 캐서린의 분신이 아닌가? 히스클리프에게 빼앗겼던 모든 유산은 그의 죽음과 함께 다시 정당한 상속자인 언쇼와 린튼에게 돌아간다. 그들의 이름은 부활한 듯한 캐서린과 상속자heir라는 단어와 발음이 비슷한 헤어턴이다. 이렇게 해석하며 읽으니 마지막 책장을 덮는데 소름이 돋았다.

보는 눈이 다른 독자가 '고전'을 만든다

에밀리 브론테는 당대의 가부장제 이데올로기에 저항하는 새로운 신화를 쓰고 싶었던 것 같기도 하다. 아버지가 죽기 전에, 진작 이렇게 착한 아이가 될 수 없었냐고 물었을 때 캐서린은 아버지의 얼굴을 보고 웃으며 대답한다. 아버지는 진작 좋은 어른이 될 수 없었나요? 아버지가 화를 내자 캐서린은 노래를 불렀고 그 노래를 들으며 아버지는 죽는다.

이 작품의 문학적 성과도 놀랍다. 당대의 가정폭력을 포함한 정신적·육체적 잔인함에 대한 고발과 함께 도덕성과 종교적·사회적 가치에 대한 저항을 정교하고 세련된 시적 언어에 담아냈다. 배경과 등장인물에 대한 은유적이고 시적인 네이밍에서부터 자연과 사건에 대한 표현이 경이로울 정도다.

이 작품에 대한 평가는 뛰어난 여성 고딕에 대한 평가처럼 당대에는 찬사와 비판이 혼란스러울 정도로 뒤섞였지만 현대로 오면서 찬사 일색으로 변한다. 2015년 BBC 컬처에 보고된 기사를 보면 영국 외부의 출판평론가들이 뽑은 위대한 영국 소설 100권 가운데 7위였다.

『다락방의 미친 여자』도 비슷한 과정을 거친다. 1979년 초판이 출간되었을 때 이 책에 대한 사회적 관심은 최초라는 '역사적 위치'의 행운을 누렸던 것 같다. 당시에는 페미니즘 비평이 존재하지 않았고 학계에는 페미니스트 선구자가 없었기 때문이다. 재판은 2000년에 출간되었고 20년이 지난 2020년에 예일대학 출판부에서 다시 출간되었다. 재판이 출간된 2000년까지도 이 책에 대한 평가는 '페미니즘 비평의 기념비적 연구서'에 그쳤다. 2020년 이후에는 판세가 뒤바뀐다. 페미니스트를 위한 '고전'으로 올라섰을 뿐 아니라 걸작이라는 찬사와 함께 세상을 보는 눈을 달라지게 만드는 위대한 필독서로 꼽힌다.

예민한 독자들은 이 글이 마무리되기 위해서 해명해야 할 문제가 하나 남아 있다는 것을 눈치챘을 것이다. 이 글에서는 왜

『폭풍의 언덕』만 길게 소개한 것일까? 『다락방의 미친 여자』에서 비중 있게 다뤄지는 여성 작가들은 제인 오스틴, 브론테 자매, 메리 셸리, 조지 엘리엇, 해리엇 비처 스토, 에밀리 디킨슨까지 적어도 일곱 명 이상이다. 이외에도 최초의 여성 전업 작가에서부터 현대 여성 작가들까지 많은 작품이 언급된다. 나는 그들의 작품을 거의 다 읽었고 저자가 보여주는 새로운 관점을 이해하면서 여성 문학을 읽는 눈이 완전히 달라졌다. 재미없던 작품들이 무척 감동적인 것으로 바뀌었다. 그 가운데 최고의 작품 하나를 골라야 한다면 『폭풍의 언덕』이다. 이 글을 통해 보인 나의 해석 방식은 『다락방의 미친 여자』에서 전형적으로 사용되는 것이다. 물론 거칠게 단순화해서 그렇다는 말이다. 암시하고 은유하면서 생략한 부분과 미처 챙기지 못해 빠뜨린 내용은 독자들의 몫이다. 그 과정을 거치면 캐서린과 히스클리프의 애증을 더 잘 이해할 수 있을 것이다. 나는 『다락방의 미친 여자』와 이미 그런 관계를 맺고 있다. 아마 수십 번은 더 읽을 것이다.

언어 묘기의 서커스

사뮈엘 베케트, 『고도를 기다리며』, 1952

문학 언어에 담긴 메시지의 미묘한 의미를 잘 읽어내려면 아이러니를 이해해야 한다. 그건 스토리 및 작가의 맥락과 깊은 관련이 있다. 사뮈엘 베케트의 『고도를 기다리며』는 아이러니가 거의 전부라고 해도 과언이 아니다. 표면과 이면의 의미가 다른 언어 묘기의 서커스 같다. 그러니 그 부분을 이해 못 하면 텍스트가 거의 무의미하게 느껴질지 모른다. 작가는 연극으로 공연될 때 배우들이 희곡에 쓰인 그대로 대사를 말하길 강하게 고집했다고 한다. 그 무의미 속에 담긴 부조리한 의미는 치밀한 의도의 산물이었던 것이다.

줄거리는 대략 다음과 같다. 에스트라공과 블라디미르라는 인물이 등장해 둘의 처지를 짐작게 하는 대화를 주고받는다. 대화라고는 하지만 그저 자기가 하고 싶은 말을 하는 것처럼 보인다. 언어라는 것이 마음이나 사실을 잘 전달하는 미디어가 아님을 진작에 깨달은 사람이라면 이 장면이 이상하지도 않다. 그러고는 여느 문학작품이 그러하듯 아무렇지 않게 앞으로 어떤 내용이 전개될지 암시하는 대화로 넘어간다. 『고도를 기다리며』의 대사는 맥락 없이 튀어나오곤 한다. 그런 면에서 연기자들에게 어려운 텍스트였을 것이다. 어떤 감정을 드러내야 할지 애매하고 맥락이 없으니 대사가 잘못 튀어나올 가능성도 크다.

첫 번째 대화의 주제는 기록이란 믿을 만하지 않다는 것이다. 여기서부터 부조리가 시작된다. 연기자가 믿을 만하지 않은 기록에 철저히 맞춰 연기를 해야 하다니. 블라디미르가 뜬금없이 성경 이야기를 꺼낸다. 예수가 십자가에 매달렸을 때 옆에 함께 매달린 두 명의 도둑에 관한 내용이다. 네 명의 사도가 현장에 있었을 텐데 모두 말이 다르다. 둘 중 한 도둑이 구원받았다고 말하는 사도는 한 명밖에 없고 둘은 아예 언급도 안 할뿐더러 나머지 한 사도는 도둑들이 구세주에게 욕만 퍼부었다고 했다. 그게 진실이라면 도둑들은 저주를 받았을 것이다. 분명히 그렇게 쓰여 있는데 후대인들은 한 사람이 구원받았다는 사도의 기록만 믿으니 왜 그러는지 도무지 알 수가 없다는 것이다. 별로 듣고 싶지 않다며 딴청을 부리던 에스트라공은 그 이야기를 빨리 끝내고 싶다는 듯 일갈한다. '사람들이 원숭이처럼 개무식bloody ignorant해서 그렇지.'

그런 다음 에스트라공은 잠시 주변을 둘러보더니 어디론가 '가자'고 말한다. 블라디미르는 고도를 기다려야 하기 때문에 안 된다고 하고, 에스트라공은 참, 그렇지라고 대답한다. 독자/관객들을 극중으로 끌어들이는 방식이다. 이들의 대화를 듣는 순간 독자/관객들도 제목을 떠올리며 함께 고도를 기다리기 시작한다. 그러나 작품이 끝날 때까지 고도Godot는 오지 않는다. 마지막 장면을 보면 원래 오지 않을 사람인데 기다리고 있었던 것 같다. 아니, 그들이 정말 기다렸던 것인지도 의심스럽다. 에스트라공과 블라디미르에게는 기다림이 아니라 '기다리는 동안 무엇을 할 것인가'가 중요했던 것 같다. 실제로 '기다리는 동안 우린 뭐 하지?'라는 대사가 나온다. 고도를 기다려야 한다는 말과 함께 여러 번.

질문에 곧이곧대로 대답하지 않아도 된다

고도가 누구인지 궁금하겠지만 작품을 끝까지 읽어봐도 알 수 없다. 그에 대한 정보를 가져다주는 것은 1막, 2막 마무리쯤에 나타나는 '소년'이다. 그런데 대화 내용을 잘 들어보면 이 꼬마가 양치기 소년이라는 의심이 든다. 여기에도 아이러니가 숨어 있다. 소년은 고도 씨Mr. Godot의 전갈을 가지고 왔다고 하지만 '오지 않는다'는 소식뿐이다. 블라디미르의 질문에 자신은 염소를 돌보지만 형은 양을 돌보면서 매를 맞기도 한다는 것이다. 그러나 이 소년이 바로 '양치기 소년'이라면 모두가 거짓말이다. 어떤 소년이 자기가 거짓말을 하기 때문에 매를 맞는다고 당당하게 말하겠는가. 여기에 이르면 갑자기 머릿속이 복잡해진다. 양치기가 목자 아닌가. 그는 매를 많이 맞지 않았던가? 구세주라는 거짓말을 한다고. 또 다른 의문도 고개를 든다. 고도 씨라니, 그렇다면 고도Godot는 신God이 아니란 말인가? 도무지 알 수가 없다. 고도 씨는 2막이 끝날 때까지 '오지 않는다'는 소년의 전갈 속에만 있다. 없는 존재인지도 모른다. 마무리에서야 잠깐 '그는 아무것도 하지 않으며 하얀 수염이 있는 것 같다'는 소년의 말이 전부다. 그 어디에도 블라디미르와 에스트라공이 고도 씨를 기다리는 이유 같은 것에 대한 설명은 없다. 기다려야 한다가 전부다. 그러다가 기다리는 동안 뭐 할까를 묻고 목이나 매볼까로 이야기가 빠진다. 재미 삼아. 이건 또 뭔가?

이들의 말을 잘 들어보면 이 긴 이야기는 오지 않을 '고도를 기다리며 뭐 할까?'에 대한 것 같다. 에스트라공이나 블라디미르는 가난한 노숙인으로 보이는 부랑자다. 어차피 가야 할 곳이 있는 것도 아니다. 두 사람이 함께하는 것도 그저 외롭기 때문일 뿐이다. 아니, 어쩌면 그것은 사람이기 때문일 것이다. 두 사람은 서로에게 목적이나 의도가 없기 때문에 맥락이라는 것도 없고 질문에 대해서도 곧이곧대로 답할 필요가 없다. 투정을 부려도 되고, 그걸 받아주든 안 받아주든 상관없다. 그런 관계라는 것을 보여주는 대화가 끊임없이 이어진다. 이렇게 맥락 없는 대화임을 이해하고 나면 아주 재미있다. 아이러니하지 않은가.

이 작품에서도 등장인물 이름의 의미를 알면 그들의 말을 좀 더 잘 해석할 수 있다. 블라디미르는 평화세계의 지배자라는 뜻이고 러시아와 동부 유럽의 슬라브족들이 많이 쓰는 이름이다. 일설에 따르면 블라디미르 레닌 이후에 유행한 이름이라고도 한다. 에스트라공은 작은 용이라는 의미가 담긴 향신료 이름이다. 프랑스에서 요리할 때 고기 잡내를 없애는 데 쓰인다. 그것 하나만으로는 아무것도 할 수 없다. 실제로 에스트라공의 '명대사'로 꼽히는 것이 '할 수 있는 게 아무것도 없어Nothing to be done'다.

「고도를 기다리며」, 오토마르 크레이차 연출, 아비뇽 페스티벌, 1978

1막과 2막 중간쯤에는 또 다른 두 사람이 갑자기 등장했다가 짧은 해프닝을 벌이고는 사라진다. 그들의 이름은 포조와 러키다. 포조는 이탈리아어로 우물이면서 구덩이다. 비슷한 의미지만 극단적으로 다른 뉘앙스를 띤다. 러키는 주인의 온갖 짐을 혼자 짊어지고 등장한다. 포조가 가라면 가고 서라면 서고 오라면 오는 기계처럼 행동하는 노예다.

이름처럼 이들도 실제 인물인지 환상인지 분명치 않다. 당시 유행하던 코메디아 델라르테Commedia dell'arte의 한 장면이나 다를 바 없어 보인다. 특정한 사회적 캐릭터를 나타내는 정형화된 가면을 쓰고 과장된 행동으로 사회적 이슈나 권력자들을 풍자하며 관객들을 웃게 만드는 스타일의 연극이다. 베케트의 다른 작품에서도 그 영향은 분명해 보인다. 그렇게 보면 이 부분은 액자 연극인 셈이다. 이들이 한바탕 해프닝을 끝내고 무대에서 사라지자 블라디미르는 이렇게 말한다. '그래서 시간이 잘 갔군.'

밧줄로 노예를 묶어 다니는 주인이라는 설정도 웃프다. 러키가 힘겨워 보이지만 주인 역시 노예에게 묶여 있지 않은가. 권력관계로 이어진 현실을 거칠게 단순화한 비유로 읽을 수 있다. 지배자와 피지배자는 서로 밧줄로 묶여 있는 관계라는 것이다. 시간이 흐르면 그 입장은 뒤집히기도 하고. 2막에서는 포조가 장님이 되고 러키가 그의 안내자로 등장한다. 포조는 명령만 일삼던 주인이지만 눈이 멀고부터는 러키 없이 살아갈 수 없게 된 것이다. 어떤 관계든 동전의 양면이라고 말하고 싶은 것인지도 모른다.

포조와 러키의 해프닝 가운데 가장 극적인 장면은, 1막에서 포조의 '생각하라'는 명령을 받고 러키가 쏟아내는 부조리한 발언일 것이다. 횡설수설해서 의미를 찾기는 쉽지 않지만 풍자적인 내용임은 분명하다. 이 부분이 연극의 하이라이트가 된 이유는 무슨 말인지 알기 어려울 정도로 말도 안 되면서 말이 되는 긴 말이기 때문이다. 작품에서 중요하지 않은 내용에 5분씩이나 되는 긴 대사를 허용할 리가 없지 않은가. 그 과정에 약간의 슬랩스틱도 들어간다.

무의미의 의미에 열광했던 수감자들

희곡과 연극의 관계에서 또 한 번 강한 반전을 느끼게 된다. 만일 연극만 본다면 에스트라공이나 블라디미르는 없고 고고와 디디만 있다. 블라디미르는 에스트라공을 고고라 부르고 에스트라공은 블라디미르를 디디라 부른다. 그 누구도 블라디미르를 블라디미르라고, 에스트라공을 에스트라공이라고 부르지 않는다. 당연히 이름의 아이러니를 느낄 수 없다. 그러면 그들의 대화에 담긴 맥락도 살짝 흐려진다. 희곡을 읽고 텍스트의 행간에 담긴 의미를 짚어본 사람이라야 연극도 제대로 감상할 수 있다.

희곡을 읽지 않고 본다면 바로 이 러키의 5분 장광설이 유일한 볼거리로 느껴질지도 모른다. 그는 마치 오리 소리로 야유하는 듯한 의성어를 더해 '꽈꽈꽈꽈 흰 수염이 달린 꽈꽈꽈꽈 인격신'에 대해 이야기한다. 인간간간측정학을 다루는 아카카카데미도 다룬다. 꽥꽥거리듯 목청 높여 쓰인 대사를 한 자도 빠짐없이 리드미컬하게 연기하는 모습은 일종의 묘기 같을 것이다. 쓰러지고 다시 일어나면서도. 이 부분은 연기자들에게 가장 큰 난관이면서 가장 큰 볼거리다. '말도 안 되는 말이 잔뜩 뒤섞인 러키의 장광설'은 외우기가 매우 어렵다. 오죽하면 러키 테스트라는 말까지 나왔겠는가. 연기자들은 대개 맥락에 따른 감정과 리듬감으로 긴 대사를 외운다. 그렇지만 여기에는 맥락도 감정도 없다. 그래서 연극 「고도를 기다리며」를 준비할 때 가장 도전적인 장면으로 꼽힌다. 일상적이지 않은 노예 캐릭터의 부조리한 텍스트에 감정을 배합해낸다는 것은 대단히 어려운 일이기 때문이다.

무질서해 보이는 언어로 이어지는 이 장면은 '논리의 부조리함'과 '말을 통해 의미를 찾으려는 시도의 무의미함'을 강렬하게 보여준다. 그럼에도 불구하고 러키는 말하고 관객/독자들은 이해하려 애쓴다.

베케트는 그 전에도 조금은 알려졌으나 연극의 막이 오르면서 저명인사가 된다. 1969년에는 노벨문학상을 수상했다. 선정 이유를 보면 그의 '소설과 희곡의 새로운 형식'을 높이 평가했다. 이 때문에 연극사에서도 베케트 이전과 이후로 나누는 학자가 생겼다.

수상 소식에 '이거 큰 재앙이 닥쳤어'라고 말했다는 것도 유명한 일화다. 그럼에도 불구하고 수락한 이유는 '상금은 받고 싶지만 주목받고 싶지 않다'는 인터뷰 기록에서 찾을 수 있다. 수상은 출판사 대표가 대신했다. 개인 생활을 극도로 중시한 터라 인터뷰는 많지 않았다. 그러나 인터뷰어의 증언에 따르면 부드럽고 따뜻한 성격이었다고 한다. 그 내용 가운데 가장 잘 알려진 것은 고도가 누구냐는 질문에 답한 내용이다. 신God이라면 신이라 썼을 것이고, 고도가 누군지 안다면 희곡에 썼을 것이다.

연극 공연의 역사에서 가장 잘 알려진 사례는 1957년 미국 캘리포니아주에 위치한, 최고 보안을 자랑하는 샌퀜틴 주립교도소에서 이루어진 공연이다. 주최 측에서는 여성이 전혀 등장하지 않고 어려운 텍스트로 가득한 이 작품이 자칫 수감자들의 불만이나 폭력성을 자극하지 않을까 우려했다고 한다. 당시 교도소에서 기대했던 연극의 역할이 무엇이었는지 짐작되는 대목이다. 그런데 예상과 달리 교도소 수감자들은 이 작품을 열광적으로 받아들였다. 이 소식은 주요 언론에서 톱뉴스로 다뤄졌고, 부조리극이 가진 보편적 의미의 가능성을 입증하는 계기가 되었다. 이 교도소 수감자들은 대부분 장기 복역자였다. 그들은 에스트라공과 블라디미르가 보여준 '기다리는 동안'의 무의미한 의미라는 부조리에 본능적으로 공감할 수 있었던 듯하다. 따지고 보면 교도소 밖의 우리 역시 저마다의 감옥에 갇혀 살아가는 건 아닐지.

내가 아는 한 이 정도 고전의 반열에 오른 작품 가운데 책 판매량이 이만큼 적은 것도 드물다. 비슷한 시기에 출간된 샐린저의 『호밀밭의 파수꾼』(1951)이나 헤밍웨이의 『노인과 바다』(1952)는 초판이 각각 6만 부와 5만 부였다. 지금까지라면 수천만 부일 테고. 그러나 『고도를 기다리며』는 첫해에 2500부를 인쇄한 것이 전부였고 이후에 연극이 성공하면서도 수년 동안 겨우 수만 부 정도 판매됐다. 수많은 아이러니에 담긴 부조리한 의미를 캐내야 하는 텍스트여서 대중 독자들이 접근하기 어려웠던 듯하다. 짧은 작품임에도 불구하고 길고 복잡하게 설명할 수밖에 없었던 이유 역시 그 난해함 때문이었을 것이다.

에필로그

카페 고도를 기다리며

대학 시절에 학비는 쉽게 해결한 편이다. 그러나 생활비를 마련하기는 어려웠다. 베케트의 엄마처럼 쓸데없는 문학에 매달린다고 집에서 경제적 지원을 매정하게 끊어버렸기 때문이다. 물론 나는 아랑곳하지 않았다. 영끌해서 모험을 감행했다. 하꼬방 같은 공간에 카페를 만든 것이다. 정면에 커다란 합판 하나를 붙이고 검은 페인트를 칠한 다음 굵은 못으로 긁어서 이름을 썼다. '고도를 기다리며'. 그 옆에 화이트보드를 매달고 커피, 칼루아, 라떼, 칵테일이라고 써두었다. 실내에는 길쭉한 테이블 하나에 의자를 빙 둘러놓았다. 조명은 '목로주점'처럼 흔들리는 백열등

몇 개를 달았다. 벽은 온통 하얗게 칠했고 입구에 들어서면 잘 보이는 곳에 나무 하나를 그려두었다. '고도를 기다리며' 연극 공연을 위한 무대처럼. 그러나 커피머신은 새코 슈퍼오토마티카를 들였다. 카페의 커피 맛은 너무나 중요하니까. 칼루아는 취향이었고 거기에 우유와 보드카를 더하면 칵테일도 쉽게 만들 수 있었다.

나는 고도를 기다리며 책을 읽고 글을 썼다. 클래식 재즈가 흐르는 공간에서 커피를 내리고 칵테일을 만들며. 당연히 손님보다 내가 마신 것이 훨씬 더 많았다. 기다리는 동안 인문학 공부에 몰입했다. 더없이 재미있었기 때문이다. 『우리 사이에 칼이 있었네』는 그때 시작된 것이다. 어떤 글이든 행간에는 작가의 일대기가 담겨 있다. 뒤집어서 탈탈 털어도 잘 보이지 않을지 모르지만.

고도가 오지 않으리라는 것을 분명히 예감하기 시작했을 즈음 베케트처럼 글로 돈을 벌어야 한다는 것을 깨달았다. 그가 자신에게 이성적 언어였던 프랑스어로 글을 썼던 것처럼 나도 객관적인 인문학 언어로 또는 표준말로 썼다. 주로 큰 상금이 걸린 현상모집 원고를. 처음 두 번 수상한 뒤로는 학보사 고문으로 월급을 받기도 했다. 그때쯤 이전에 탈퇴한 연극 동아리 친구들이 들이닥쳤다. 유명세의 재앙이었다. 그러고는 며칠 뒤였을 것이다. 한 친구가 러키 테스트 배틀을 제안했다. 우리 모두가 동의했고 그 자리에서 참가자 아홉 명을 확정했다. 상금은 참가비를 몰아주는 것으로 했다. 시간은 이틀 뒤 저녁 7시로 정했다. 준비하는 시간이 길면 공동 우승자가 너무 많을지 모르니까. 내게는 러키 장광설 5분이 그리 어렵지 않았다. 작가가 긴 대사를 쓰면서 아무 의도를 담지 않았을까? 그럴 리 없다. 그렇다면 의미를 재구성할 수 있을 테고, 그 맥락을 연결하면 '풍자의 감정'도 살려낼 수 있다. 부조리를 깊이 이해하면 그 속에 담긴 무의미의 의미가 부활하는 모습이 보인다.

졸업할 때가 다가오자 그 누추한 공간을 탐내는 후배가 있었다.

'형 삶은 파란만장해서 드라마를 보는 것 같아요.'

침묵.

'졸업하고도 계속 고도를 기다릴 거예요? 오지 않을 텐데.'

(블라디미르의 마지막 대사가 떠올랐다.)

그럼 갈까?

침묵.

(그때는 '가자'고 대답해줄 친구 같은 아내가 있었다.)

우리 사이에 칼이 있었네

초판인쇄 2025년 3월 28일
초판발행 2025년 4월 4일

지은이 강창래
펴낸이 강성민
편집장 이은혜
마케팅 정민호 박치우 한민아 이민경 박진희 황승현 김경언
브랜딩 함유지 박민재 이송이 김희숙 박다솔 조다현 김하연 이준희
제작 강신은 김동욱 이순호

펴낸곳 (주)글항아리 | 출판등록 2009년 1월 19일 제406-2009-000002호

주소 경기도 파주시 문발로 214-12, 4층
전자우편 bookpot@hanmail.net
전화번호 031-955-2689(마케팅) 031-941-5161(편집부)

ISBN 979-11-6909-375-0 03800

잘못된 책은 구입하신 서점에서 교환해드립니다.
기타 교환 문의 031-955-2661, 3580

www.geulhangari.com